D1765668

TIERRA FIRME

PABLO NERUDA

Primera edición, Chile, 2004

© Fondo de Cultura Económica
Av. Picacho Ajusco 227; Colonia Bosques del Pedregal; 14200 México, D.F.
© Fondo de Cultura Económica Chile S.A.
Paseo Bulnes 152, Santiago, Chile

Registro de propiedad intelectual Nº 142.273
I.S.B.N.: 956-289-046-5

Coordinación editorial: Patricia Villanueva
Diagramación y composición: Gloria Barrios
Fotografía de portada: Archivo Fundación Pablo Neruda

Impreso en Chile

Pablo Neruda

A ÉSTOS YO CANTO Y YO NOMBRO

ESCRITORES EN LA OBRA DE

P A B L O   N E R U D A

ANTOLOGÍA

COMPILACIÓN Y PRÓLOGO:
DARÍO OSES

FONDO DE CULTURA ECONÓMICA
MÉXICO - ARGENTINA - BRASIL - COLOMBIA - CHILE
ESPAÑA - ESTADOS UNIDOS DE AMÉRICA - GUATEMALA - PERÚ - VENEZUELA

ÍNDICE GENERAL

PRÓLOGO

"Pablo Neruda estuvo de paso por Santiago con destino a Isla Negra, y me dio el encargo de comunicarle que está pensando publicar un libro que contenga todos sus poemas sobre escritores..."

Esta comunicación la hacía Homero Arce a Rodolfo Araoz Alfaro, en carta del 12 de marzo de 1961. El libro debería hacerse en 100 a 200 ejemplares y venderse por suscripción. Como iba a imprimirse en Buenos Aires, Neruda deseaba saber si Araoz —con el que tenía una vieja amistad y quien era, además, el esposo de su íntima amiga y biógrafa, Margarita Aguirre— podía encargarse de organizar la edición. Este libro nunca se hizo.

Desde 1961, cuando se proyecta esta edición, hasta 1973, año de la muerte de Neruda, su producción de escritos sobre escritores, creció considerablemente. Se ha facilitado, además, el acceso a toda la obra del poeta, incluyendo sus escritos dispersos, principalmente gracias al encomiable trabajo de edición de las *Obras completas*, realizado por Hernán Loyola. Por último, desde 1961 hasta hoy también se ha expandido la fama de Neruda. Así, al conmemorarse el Centenario de su natalicio, se justifica hacer un libro parecido al que el mismo poeta proyectó, pero en una edición que tenga

un alcance mucho mayor que aquella de cien a dos-
cientos ejemplares en que se pensaba a principios de
los años '60.

Neruda entabló relaciones de amistad, afinidad y
hasta de hermandad con escritores vivos y muertos;
reconoció la deuda que tenía con ellos, les rindió homenaje o los evocó en diversas páginas y poemas.

Es cierto que Neruda muchas veces puso al libro
en conflicto con la vida: "Libro, cuando te cierro/ abro
la vida..." o "Libro, déjame libre", proclama en su "Oda
al libro", y "Hoy, alegría,/ encontrada en la calle,/ lejos
de todo libro acompáñame..." escribe en "Oda a la
alegría". A pesar de eso, Neruda fue desde muy joven
un ávido lector, y luego un fino bibliófilo, conocedor
y coleccionista de obras valiosas y ediciones raras. Formó dos magníficas bibliotecas en las que pueden seguirse las pistas de sus preferencias literarias.

Por otra parte, Neruda propuso una poesía antili-
bresca, antintelectual, una poesía "sin pureza", como
el mismo la llamó, o que fuera como otro de los elementos de la naturaleza. A pesar de esto, buena parte
de la obra poética de Neruda tiene fuentes literarias.

Neruda no sólo hizo poemas a escritores y poetas,
sino que entabló diálogos intertextuales con diversos
autores, y él mismo declaró: "... no hay Rubén Darío
sin Góngora, ni Apollinaire sin Rimbaud, ni Baudelaire
sin Lamartine, ni Pablo Neruda sin todos ellos juntos."[1] En un seminario organizado con motivo de sus
60 años, al referirse a su propio aprendizaje del oficio,

[1] Neruda, Pablo, Mariano Latorre, Pedro Prado y mi propia
sombra...en Neruda, Pablo, *Obras completas*, tomo IV, "Nerudiana
dispersa I". Edición de Hernán Loyola, Ed. Galaxia Gutenberg,
Círculo de Lectores, Barcelona, 2001.

habla de "la expresión hecha camino, encontrado a través, precisamente, de muchas influencias y de muchos aportes".[2]

Orlando Mason, poeta de Temuco, fundador del diario local *La Mañana*, donde el Neruda adolescente publicó sus primeros poemas y crónicas, recordaba que éste "antes de saber leer, ya tomaba el libro del revés y repetía lo que había oído."[3]

Según Rodríguez Monegal el más poderoso estímulo para los afanes de lector de Neruda fueron sus primeros libros: "Búfalo Bill (del que después renegaría por motivos políticos), Emilio Salgari y las inagotables aventuras en un oriente de pacotilla; Jules Verne, que dejara sus fábulas tatuadas en la entraña del poeta y recibiría visible homenaje en algunas ilustraciones de *Estravagario,* y también los libros para grandes que el niño leía a medias, entreadivinando: libros cuasi pornográficos de Vargas Vila, tan popular entonces..., de Jorge Isaacs (cuya *María* es todo un manual del amor adolescente), de Gorki y de Felipe Trigo, de Diderot y de Bernardin Saint Pierre; las aventuras de *Fantomas* y de *Rocambole*, las obras de Víctor Hugo... Lee de todo y desordenadamente a lo largo de los largos días de la infancia y la adolescencia."[4]

---

[2] Emir Rodríguez Monegal apunta: "Como todo gran poeta... Neruda se apoya en la poesía ajena. Si Darío, Sabat Ercasty, Huidobro, la Mistral, Tagore o Whitman marcan sus primeros versos, otros nombres y otros poemas seguirán influyéndolo. Como Shakespeare, como Molière, como Goethe, como Hugo, Neruda se alimenta de la poesía de su tiempo con la misma naturalidad con que también aprovecha la poesía del fabuloso pasado." En Rodríguez Monegal, Emir, *Neruda, el viajero inmóvil*. Monteávila Editores, Caracas, 1977, p. 64.

[3] Rodríguez Monegal, Emir, *op. cit.*

[4] *Ibíd.*

El mismo poeta ha dejado testimonios de sus avideces del lector: "El saco de la sabiduría humana se había roto y se desgranaba en la noche de Temuco. No dormía ni comía leyendo (...) Para mí los libros fueron como la misma selva en que me perdía, en que continuaba perdiéndome", recordaba en 1954.[5]

Ya en el Liceo de Temuco, el poeta leyó a algunos de los autores con los que entablaría una amistad de toda la vida. Él recuerda que Gabriela Mistral le prestó libros que lo introdujeron en la gran literatura rusa. Su profesor de francés, Ernesto Torrealba, lo inició en la lectura de los poetas simbolistas franceses: Baudelaire, Verlaine y sobre todo Rimbaud.

En las crónicas que el joven poeta escribe para el diario *La Mañana*, de Temuco, entre 1920 y 1921, y para la revista *Claridad*, de la Federación de Estudiantes, entre 1921 y 1926, y en ciertos prólogos y presentaciones, pueden seguirse algunas de sus lecturas de esos años.

"Enterrados en la quietud de un pueblo muy pequeño, hemos leído a Azorín —escribe el 12 de abril de 1920— y esto tiene un encanto doble: una página de Azorín es un día de vida de pueblo, vida sencilla, buena, casi buena".

En diciembre de 1922 publica una nota elogiosa sobre *Los gemidos* de Pablo de Rokha, que con el tiempo se convertiría en su más enconado enemigo literario.

Su primera alusión a Whitman, que fue la más importante de sus influencias literarias, la hace Neruda en una breve nota en *Claridad*, el 5 de mayo de 1923,

[5] Neruda, Pablo, "Infancia y poesía", 1954, en Neruda, Pablo, *Obras completas*, tomo IV, "Nerudiana dispersa I". Edición de Hernán Loyola, Ed. Galaxia Gutenberg, Círculo de Lectores, Barcelona, 2001.

en la que comenta una traducción hecha por Torres Rioseco: "bellas palabras del varón de Camdem, vertidas por primera vez en un castellano digno del que escribiera en inglés."[6]

Habla también de *Sacha Yégulev*, de Leonidas Andreiev, recordando que hacía mucho tiempo que leyó este libro. "Nos hizo llorar en cualquier hora lejana la leyenda del niño Yégulev que se hizo bandolero en las tierras de Rusia."[7] En una de sus cartas a Albertina, el poeta le reprochaba a ésta su flojera para leer, diciéndole que nunca leyó el *Sacha Yégulev*, que le prestó, y que era "la historia de un bandido muy parecido a mí".

Gran entusiasmo le produjo a Neruda el libro *Poemas del hombre: libros del corazón, de la voluntad, del tiempo y del mar*, de Carlos Sabat Ercasty. "En verdad es gran cosa este uruguayo —anota Neruda. Nada de estos poetas blandicios de Chile. Él se ha lanzado y quemándose los dedos moldea figuras en metales ardiendo. Él es la trompeta de la victoria, el canto que divide las tinieblas, y el flechazo que horada el olvidado corazón de la Esfinge."[8] Como se sabe, el joven Neruda mantuvo correspondencia con Sabat Ercasty. Cuando éste le confirmó que advertía su influencia en *El hondero entusiasta*, el poeta chileno postergó este proyecto para dedicarse por entero a sus *Veinte poemas de amor y una canción desesperada*.[9]

---

[6] *Ibíd.*

[7] *Ibíd.*

[8] *Ibíd.*

[9] A propósito de esta "renuncia" al proyecto de *El hondero...*, el propio Neruda diría en 1964: " Terminó allí mi ambición de una ancha poesía, cerré la puerta de una elocuencia desde ese momento para mí imposible de seguir, y reduje estilísticamente, de una manera deliberada mi expresión. El resultado fue mi libro *Veinte poemas de amor y una canción desesperada.*"

Dedica artículos a autores como Marcel Shwob: "Leo tus historias, selladas por tu mano alucinada, y te sigo a través de tu pensamiento que cruza las edades y recolecta tus hechos singulares." También a Anatole France: "Fue solamente un gran escritor", y a Vicente Huidobro: "su poesía fue extrañamente transparente, ingenuamente ingenua".

En un artículo titulado "Figuras de la noche silenciosa. La infancia de los poetas", publicado en Zig-Zag, el 20 de octubre de 1923, Neruda habla de Papini, de Baudelaire, de Octavio Mirbeau, del peruano Valdelomar, y de su contemporáneo y coterráneo Romeo Murga. Examina brevemente las soledades y tristezas infantiles de todos ellos: "A través de los campos; junto a las ventanas donde cantan y sollozan las lluvias australes; abandonados en la seca campiña florentina, olvidados en la Bretaña acre, en el Perú soñoliento, en Chile. En todas partes el niño entristecido que no habla..." Estas visiones transversales de un tema a través de distintos autores, dan cuenta, una vez más, de la amplia gama de lecturas de Neruda.

De las lecturas de su estada en Oriente, entre 1927 y 1932, hay valiosos testimonios en las cartas que el poeta le envía a su amigo argentino Héctor Eandi. Así por ejemplo, en una fechada en Rangoon, en septiembre de 1928, Neruda agradece a su corresponsal el envío de *Don Segundo Sombra,* de Guiraldes: "lo leí con sed y como si hubiera podido tenderme otra vez en los campos de trébol de mi país, escuchando a mi abuelo y a mis tíos", le dice.

En otra carta que fecha en Ceilán, en octubre de 1931, comenta que le parecen interesantes "los nuevos escritores ingleses". Se refiere a Joyce, Lawrence y Aldous Huxley. Califica *Contrapunto* como una "formidable masa de ingenio." También cuenta que ha leído por cuarta vez a Proust y que le gusta más que antes.

Con los cargos consulares que obtiene en Buenos Aires y luego en Barcelona y en Madrid, se amplían sus horizontes de lectura y también sus amistades literarias. En la capital argentina conoce a uno de sus amigos más entrañables, Federico García Lorca.

En España es acogido fraternalmente por los poetas de la Generación del 27. "España, cuando pisé su suelo, me dio todas las manos de sus poetas, y con ellos compartí el pan y el vino, en la amistad categórica del centro de mi vida", escribía Neruda en 1940, en un artículo sobre sus amistades y enemistades literarias. En éste, junto a Miguel Hernández, Rafael Alberti, Vicente Salas Viú y Arturo Serrano Plaja, evoca a Vicente Aleixandre:

"Su profunda y maravillosa poesía es la revelación de un mundo dominado por fuerzas misteriosas" —anota. Luego califica a Aleixandre como "el poeta más secreto de España", comentando que "el esplendor sumergido de sus versos" lo emparentaba con nuestro Rosamel del Valle. Recordaba Neruda que Aleixandre, a causa de una enfermedad ya de varios años, no salía nunca de su casa. Por eso se apasionaba con el relato que le hacía el poeta chileno de sus largas caminatas por la ciudad: "Yo le llevo la vida de Madrid, los viejos poetas que descubro en las interminables librerías de Atocha..."

Describe, finalmente, Neruda una modalidad de lectura en dúo, que tal vez sea otra de las manifestaciones de su amistad con Aleixandre: "leemos largamente a Pedro de Espinosa, Soto de Rojas, Villamediana. Buscábamos en ellos los elementos mágicos y materiales que hacen de la poesía española en una época cortesana, una corriente persistente y vital de claridad y de misterio".

En 1954, en el acto en que hizo donación de su biblioteca a la Universidad de Chile, Neruda pronunció un discurso que es bastante revelador de sus preferencias de lectura. En él habla de Alejandro Pushkin, de Víctor Hugo, de Rimbaud, y de dos poetas amigos que le dedicaron sus obras: García Lorca y Paul Éluard. Cuenta la emoción con que compró magníficas ediciones de Garcilaso y de Góngora. Cita a dos de sus poetas favoritos del Siglo de Oro español: Pedro Soto de Rojas y Francisco de la Torre. Termina diciendo, sobre sus libros: "Aquí está reunida la belleza que me deslumbró y el trabajo subterráneo de la conciencia que me condujo a la razón, pero también he amado estos libros como objetos preciosos, espuma sagrada del tiempo en su camino, frutos esenciales del hombre."

Los autores que más admiró el poeta fueron, sin duda, Quevedo, Víctor Hugo, Rubén Darío, Mayakovski, Rimbaud y sobre todo Whitman. En las notas sobre dichos escritores se desarrollan las relaciones entre Neruda y éstos y otros poetas con los que siempre dialogó directa o intertextualmente.

Entre sus amistades literarias no puede omitirse a Miguel Ángel Asturias. En 1965 ambos protagonizaron una aventura libresca gastronómica que dejó como resultado el libro *Comiendo en Hungría*, publicado por la editorial Corvina de Budapest. El gobierno húngaro, empeñado en promover el turismo a través de la exaltación de la cocina nacional, invitó a los dos autores a recorrer el país degustando los platos y los vinos tradicionales de cada región.

En un brindis que ambos hicieron en la taberna "El Puente", Neruda y Asturias evocaron a un tercer escritor, el húngaro Gyula Krudy, que frecuentaba ese local. Neruda dijo entonces unas palabras que revelan su sentido terrenal de la literatura: "Hizo bien Gyula Krudy en dejar no sólo libros en las estanterías, sino este plato que sale cada hora de la parrilla (...) y esta fuente monumental que reúne la sabiduría de Krudy, son parte de sus mejores páginas. Nos hemos comido estas páginas con deleite y bebemos una copa de vino a la memoria del compañero inmortal."

El tema de esta antología son los autores, no las obras. Sólo excepcionalmente hemos incluido un texto acerca de una obra, y es sobre los "Sonetos de la Muerte", de Gabriela Mistral, que complementa el escrito que se incluye acerca de nuestra enorme poeta.

Esto no significa que no haya, en muchos discursos, prólogos o presentaciones que hizo Neruda de libros u obras, consideraciones importantes acerca de sus autores. Es el caso del prólogo a *El oficio ciudadano* (1973). En él, Neruda escribe sobre su autor, Volodia Teitelboim: " Todo el país conoce su pensamiento exigente y su soberana expresión. Muy pocas veces el Senado, a pesar de sus orígenes patricios y de su larga trayectoria republicana, ha escuchado razonamientos más elevados, argumentos más considerables, defensas más apasionadas y rigurosas de los derechos de nuestro pueblo, de tal manera que su inteligencia se ha convertido en la conciencia cívica de nuestra patria." Neruda destaca en este texto al ciudadano Teitelboim, habiendo realzado ya sus méritos de escritor en el prólogo a la segunda edición de *Hijo del salitre* (1952).

Hay que advertir que la amistad de Neruda con algunos escritores no siempre guardó una proporción directa con los textos que les dedicó. Es el caso, por ejemplo, de su gran amigo Francisco Coloane. Acerca de él hemos encontrado alusiones elogiosas en diversos discursos de Neruda, y sólo una breve nota que le dirige cuando gana el Premio Nacional de Literatura, en 1964, y que empieza declarando: "Para abrazar a Coloane hay que tener brazos largos como ríos..."

Neruda no desdeñó la literatura de entretención. En una entrevista con Rita Guibert reconoció que era un gran lector de novelas policiales. Declaró que el libro de este género que más lo conmovió fue *A Coffin for Dimitrios*[10], de Eric Ambler, y que el autor al que consideraba más grande era James Hadley Chase. Le pareció encontrar "una extraña semejanza" entre su novela *No Orchids for miss Blandish* con *Santuario*, de William Faulkner. Mencionó también a Dashiell Hammet, "ese gran maestro de la literatura, modificador de toda una línea de la novela policial", y a John Mc Donald. Agregó que casi todos los novelistas norteamericanos de este género son los críticos más severos de la sociedad capitalista. Para Neruda no hay denuncia más fuerte de la corrupción de los políticos y policías y de los abusos del poder del dinero, que la que hace la gran novela policial.

Se ha hablado mucho de lo que Faride Zerán denominó "la guerrilla literaria" librada principalmente entre Neruda, Huidobro y de Rokha. Nial Binns se pregunta si Nicanor Parra fue un cuarto integrante de esta guerrilla. Después de examinar las relaciones fluctuantes entre Neruda y Parra concluye: " Más allá de las diferencias entre los dos poetas, cualquier persona que ha conversado largamente con Parra se da cuenta del gran cariño que éste guarda para Neruda (...) En este sentido, el poema 'Cristo de Elqui deplora la muerte de Neruda', publicado en *Poesía política* con la voz de la 'persona' del viejo predicador, es una muestra del afecto que retiene Parra para Neruda..."[11]

---

[10] El verdadero título de la novela es *A mask for Dimitrios*. En la entrevista mencionada se cita con aquel título erróneo.
[11] Binns, Nial, "Neruda y Nicanor Parra ¿Un cuarto integrante en la guerrilla", en *Boletín de la Fundación Pablo Neruda*, N° 18, Santiago, Chile, Primavera 1993.

En una entrevista que Jorge Lafforgue le hace a Neruda en marzo de 1971,el poeta declara: " En cuanto a Parra, no hay ninguna duda de que es un poeta lleno de inventiva y un gran creador. Hay gente que quiere ponerlo en contra mío y hacer el juego de la politiquería literaria, que no tiene ninguna supervivencia (...) Parra es un poeta a quien respeto mucho".

En 1954 Neruda escribe una nota de presentación de *Poemas y antipoemas* de Parra, donde dice: "Entre todos los poetas del sur de América, poetas extremadamente terrestres, la poesía versátil de Nicanor Parra se destaca por su follaje singular y sus fuertes raíces". Agrega que la vocación poética en Parra "es tan poderosa como lo fuera en Miguel Hernández."

En julio de 1967 publica en la revista *Portal* un poema festivo que tituló "Una corbata para Nicanor", en el que dice: "No sólo/ tiene/ uvas/ esta parra/ de Parra,/ sino/ frutos mentales:/ higos/ rugosos/ como/ reflexiones,/ espigas/ espinudas/ o nueces/ encefálicas:/ así es la parra/ del poeta/ Parra./ Él/ hace vino/ de estos/ frutos/ brutales/ que/ brotan/ de/ su / propia/ parra,/ o de/ la burla/ que/ se hace/ racimo/ o/ de/ la bofetada/ que/ es/ un/ súbito/ fruto /del / parrón/ o parral./ Y si por azar puro/ o por predilección/ queda algún ojo/ en tinta,/ Nicanor/ Parra/ escribe/ con tinta/ de ojo en tinta (...)

El poeta no siempre alabó a los autores a los que conoció o que leyó. También interpeló con dureza a unos cuantos de ellos, como lo hace en el poema "Algunos", de *Fin de mundo*, donde hay una clara alusión a Lezama Lima:

Pero no sintieron crecer/ sino secretos paradisos (...)/ estos algunos olvidaron/ la magia terrestre de Cuba/ y la insigne revolución (...)/ pero el deber que compartimos/ es llenar las panaderías/ destinadas a la pobreza./ Ahora resulta que es mejor/ el pornosófico monólogo (...)

En su dolido poema "A Miguel Hernández asesinado en los presidios de España", de *Canto General*, Neruda escribe unos versos terribles contra Dámaso Alonso y Gerardo Diego:

Que sepan los malditos que hoy incluyen tu nombre/ en sus libros, los Dámasos, los Gerardos, los hijos/ de perra, silenciosos cómplices del verdugo,/ que no será borrado tu martirio, y tu muerte/ caerá sobre toda su luna de cobardes ...

En sus memorias, tituladas *Unos pocos amigos verdaderos*, el pintor Santiago Ontañón anota que Neruda creyó que "ambos poetas pudieron haber hecho algo por remediar la situación del oriolano, estando en España, como estaban, y, sin embargo no lo hicieron. Luego, Neruda comprendió, al cabo de un tiempo, que aquella mediación hubiera sido inútil". El mismo Ontañón fue testigo de la reconciliación del poeta chileno con Gerardo Diego.

Neruda dedicó pocos versos a sus enemigos literarios. Nunca quiso publicar su virulento "Aquí estoy", escrito probablemente en 1935, en que arremete, entre otros, contra Huidobro y de Rokha.

Incluimos en esta antología un solitario ejemplo de los muy escasos poemas de Neruda en contra de un escritor. Es la "Oda a Juan Tarrea", dedicada a Juan Larrea.

En este breve estudio hemos intentado dar una visión muy panorámica del universo de las lecturas y relaciones literarias de Neruda, como una introducción a la antología de los textos que el poeta escribió acerca de otros escritores. Como complemento pueden consultarse las notas biográficas sobre los escritores a los que se dedican estos textos.

Advertimos, finalmente, que este libro no pretende ser exhaustivo, pero sí intenta entregar algo de la parte más medular de lo que el poeta escribió sobre los poetas y escritores que fueron importantes en su vida y su obra.

LOS AUTORES

RAFAEL ALBERTI. Nace en el Puerto de Santa María, Cádiz, en 1902. Es uno de los principales exponentes de la fecunda Generación del 27, de España. En su primer libro, *Marinero en tierra* (1925), cultiva la poesía neopopular, partiendo de las tradiciones de Andalucía y de los cancioneros folclóricos medievales y renacentistas. Con *Sobre los ángeles* (1929) inaugura una poesía cercana al surrealismo. En 1931 se hace comunista con lo cual su poesía se orienta hacia la expresión de las aspiraciones de la revolución socialista y la causa antifascista. Ejemplo de esta nueva tendencia es su libro *El poeta en la calle* (1938). Estas sucesivas etapas van sumando virtudes a la poesía de Alberti. Como lo advierte el profesor Andrés Morales, tanto Alberti como García Lorca son verdaderos crisoles "donde confluyen y se actualizan las formas líricas más tradicionales junto a las tendencias vanguardistas de su época. De manera brillante, sus obras reúnen el peso de las grandes figuras del medioevo y de los 'Siglos de Oro' junto a los recursos más arriesgados y renovadores..."[12]

---

[12] Morales, Andrés, "La poesía de Alberti: una mirada desde el otro lado del mar", en *Cuadernos de la Fundación Pablo Neruda*, N° 40, Santiago, Chile, 2000.

Con el triunfo de Franco debe partir al exilio. Vive en Argentina y más tarde en Italia. Fuera de su país publica *A la pintura* (1945), *Retornos de lo vivo y lo lejano* (1948) y *Coplas de Juan Panadero* (1949). Muere en 1999.

"Con Rafael hemos sido simplemente hermanos. La vida ha intrincado mucho nuestra vidas, revolviendo nuestra poesía y nuestro destino" —escribió Neruda— conjeturando luego "tal vez Alberti escriba, entre otras, las páginas de su vida que nos ha tocado vivir..." Alberti lo hizo en su autobiografía, *La arboleda perdida,* donde cuenta varios episodios de su vida en que aparece Neruda, desde que conoce *Residencia en la tierra* y se empeña en que se publique en España.

Louis Aragon. Poeta, novelista y periodista francés. Nace en 1897. En 1919 funda la revista *Littérature,* junto a Breton, en la cual desarrolla algunas ideas surrealistas como aquella de la "escritura automática". Escribe sus primeros trabajos, poemas como "Feu de joie", "Le mouvement perpétue", "Le grande gaité", la novela *Le paysan de Paris*, y el ensayo *Le traité du style* entre 1920 y 1930. En éstos se revela la sensibilidad irreverente de la generación de entreguerras. En 1930, se produce un vuelco en su creación. Visita la Unión Soviética donde se "convierte" al socialismo. Su literatura busca el realismo y el compromiso social. Dirige el periódico comunista *Ce Soir.* Participa activamente en los círculos intelectuales que apoyan la causa republicana en la guerra civil española. Durante la ocupación alemana, se une a la resistencia intelectual, editando impresos clandestinos. En este período, su poesía adquiere acentos patrióticos, como en "La Diane française" (1945) También incursiona en la poesía amorosa, y en la autobiografía poética: "Le roman inachevé" (1956). En su obra narrativa se cuenta una serie de novelas, bajo el título general de *Le monde réel*, en las que describe los conflictos y descomposiciones internas de la burguesía europea. Su novela más exitosa fue *La semaine sainte* (1958). También es autor de algunos ensayos importantes como *La lumiére de Stendhal* (1954), donde examina a una serie de autores clásicos, y *Littératures soviétiques* (1955), en que da cuenta de su entusiasmo por autores como Gorky y Mayakovski, y las nuevas tendencias literarias rusas.

Aragon fue uno de los amigos de Neruda. En "Algo sobre mi poesía y mi vida" el poeta chileno anotaba las siguientes impresiones: "Aragon tiene una inteligencia cortante y una destreza polémica arrolladora. No sólo es un gran poeta, un gran ensayista y un novelista extraordinario del nuevo realismo, sino un organizador escrupuloso (...) En realidad, media Francia intelectual está esperando algún nuevo planteamiento de Aragon, con lo que traen éstos de irritación, de iluminación y de vida."

HOMERO ARCE. Nace en 1901. Como indica Emilio Ellena, "la rutina laboral —fue funcionario de correos por casi toda la geografía de Chile— silenció la permanente vigencia inconfesa de su poesía."[13] Fue secretario de Pablo Neruda y trabajó con él, hasta poco antes de su muerte, en la preparación de sus *Memorias*. En 1963 se publica su poemario *Los íntimos metales*, en una edición bilingüe y con ilustraciones de Pablo Neruda, en

---

[13] Ellena, Emilio, "En el Recuerdo de don Homero Arce y Jorge Sanhueza", en *Cuadernos de la Fundación Pablo Neruda,* año VIII, N° 31, Santiago, 1997.

los *Cuadernos Brasileros*, fundados por Thiago de Mello, cuando fue Agregado Cultural de su país en Chile. Ese mismo año aparece *El Árbol y otras hojas*. El 6 de febrero de 1977 fue encontrado muerto, asesinado al parecer por manos desconocidas, en una época en que muchos crímenes quedaban sin solución.

Los que lo conocieron lo recuerdan por su calidad humana. Andrés Sabella, al conmemorar el primer aniversario de su muerte señaló: " Muchos recordarán, en esta ciudad (Antofagasta) al cumplido funcionario de Correos y Telégrafos, don Homero Arce. Era un caballero moreno, de baja estatura, delgado y parsimonioso. Pero, en su rostro palpitaba generalmente una fortuna: la mirada límpida, una clara, inquieta y hermosa mirada para cazar al unicornio de la Fábula y contemplar la medianoche de los gatos."

JOSÉ MARÍA ARGUEDAS. Nace el 18 de enero de 1911, en Andahuaylas, Perú. Su madre muere cuando él tiene tres años. En 1928 se instala con su padre en Huancayo, donde escribe en la revista estudiantil *Antorcha* y se hace lector de la revista *Amauta* que publicaba José Carlos Mariátegui. En 1931 llega a Lima para estudiar humanidades en la Universidad de San Marcos. A la muerte de su padre, debe trabajar como auxiliar de correos hasta 1937 cuando es encarcelado por motivos políticos. En prisión escribe su libro *Canto kechwa*. Luego de su liberación comienza a escribir *Yawar fiesta*. Colabora con el diario *La Prensa*, de Buenos Aires. En 1939 comienza a trabajar como profesor de Castellano. En 1946 ingresa a estudiar al recién creado Instituto de Etnología de San Marcos. Al año siguiente recibe el nombramiento de Conservador de Folklore del Ministerio de Educación. Arguedas realizó una notable labor en este campo. Fundó revistas como *Folklore americano, Cultura y pueblo* e *Historia y cultura.* Hizo aportes al conocimiento a través de la investigación, la docencia, y la organización de seminarios. En 1966, deprimido por la reducción de los presupuestos públicos para la cultura, intenta suicidarse. Tres años después, el 28 de noviembre de 1969 se dispara dos balazos. Muere el 2 de diciembre de ese año. Entre sus obras se cuentan: *Todas las sangres, El sueño del pongo, Amor mundo y todos los cuentos, El zorro de arriba y el zorro de abajo* y *Los ríos profundos.*

RUBÉN AZÓCAR. Nace el 25 de marzo de 1901 en Lota Alto. Siguió estudios de Derecho y de Pedagogía, optando finalmente por estos últimos. Participó activamente en la Federación de Estudiantes de Chile, en los agitados días que precedieron a la elección presidencial de 1920. Ese mismo año publica su primer libro de poemas, *Salterio lírico.* Fue parte de la bohemia literaria de esos años, junto a Rocco del Campo, Rojas Giménez, Aliro Oyarzún, Tomás Lago, Alberto Valdivia y Diego Muñoz. A este grupo se suma en 1921 un joven poeta de Temuco que, con el seudónimo de Pablo Neruda, ganó el premio de las fiestas de la primavera con el poema "La canción de la fiesta". Ese mismo año llega a Santiago, también a estudiar en el Instituto Pedagógico, la joven Albertina Azócar, hermana de Rubén. Ella tuvo amores con Neruda, convirtiéndose en una de las musas de los *Veinte poemas de amor y una canción desesperada.*

En 1922 Azócar, poco después de recibir su título de profesor de castellano y filosofía, parte a México a organizar bibliotecas populares. A su regreso trabaja en el Liceo de Ancud. Invitó a vivir con él, por una temporada, a Neruda. Su estada en Chiloé le sirvió a Azócar para escribir su notable novela *Gente de la Isla*, con la que ganó el concurso convocado en 1937 por la Editorial Zigzag. Neruda calificó en su momento este libro como la mejor novela escrita en Chile.

Muere el 19 de abril de 1965. En su homenaje Neruda escribió "Corona del Archipiélago para Rubén Azócar", que incluyó en su libro *La barcarola*.

Antonio Castro Alves. Poeta romántico brasileño. Nació en 1847. Lo llamaron "el poeta de los esclavos", por su adhesión a la causa abolicionista. Su libro más conocido es el poemario *O Escravos*. Muere en 1871.

Joaquín Cifuentes Sepúlveda. Poeta chileno de vida breve y atormentada. Nació en 1900 y vivió sólo 29 años. Es autor de varios libros, como *Letanías del dolor*, *El adolescente sensual*, y *La Torre*. Este último fue comentado por el joven Neruda en una breve nota publicada en la revista *Claridad*, N° 87, del 12 de mayo de 1923. Al parecer, fue uno de sus compañeros de bohemia y Neruda siempre estuvo preocupado por él. En una carta que le envía al argentino Héctor Eandi, desde Ceilán, en octubre de 1931, le pregunta si sabe algo de Joaquín Cifuentes que, al parecer, había muerto en Buenos Aires. "Me dicen que se había casado allí —escribe Neruda—, seguramente pensaba tranquilizarse, porque en verdad hizo una dolorosa, desventurada vida (...) era el más generoso y el más irresponsable de los hombres, y una gran amistad nos unió y juntos nos dedicamos a cierta clase de vida infernal".

JULIO CORTÁZAR. Este gran narrador argentino, una de las figuras centrales del llamado *boom* de la literatura hispanoamericana, nace en Bruselas en 1914. En 1949 publica el poema dramático *Los reyes*, donde recrea el mito del minotauro desde una perspectiva original. Aun cuando su novela *Rayuela* se ha convertido ya en un hito en las letras del continente, es en el género del relato breve donde más sobresale. Publicó varias colecciones de cuentos como *Bestiario* (1951), *Las armas secretas* (1959), *Final de juego* (1964) y *Todos los fuegos el fuego* (1966). Su relato *Las babas del diablo* fue llevado al cine en una versión del realizador italiano Michelangelo Antonioni, con el nombre de *Blow up.* Muere en 1984.

Cortázar fue amigo de Neruda, y como vivía en París lo visitaba con cierta frecuencia cuando el poeta chileno fue embajador de Chile en Francia. En 1973, Cortázar escribió una "Carta abierta a Pablo Neruda" que se publicó como introducción a la edición francesa de *Residencia en la tierra* hecha por Gallimard. En ella dice: "... Pablo está ya entre los hombres, el *Canto General* late en su sangre, él ya sabe que no estamos solos, que *no man is an island*, que nunca más estaremos solos en la isla Tierra. Así, en mi primera juventud argentina, viví yo la avalancha prodigiosa de las primeras *Residencias*, así con Neruda y con Vallejo desperté a un sentimiento sudamericano que de golpe y soberanamente se bastaba a sí mismo, que no necesitaba filiaciones europeas para cumplirse..."

ÁNGEL CRUCHAGA SANTA MARÍA. Nace en 1893. Tuvo gran importancia en la renovación poética de los años '30 en Chile. Su nombre figura en el primer lugar en la famosa *Antología de la poesía chilena nueva* que en 1935

editaron Volodia Teitelboim y Eduardo Anguita. En su
poesía abundan los temas religiosos, especialmente en
el libro *Job*, y está presente también el tema amoroso.
Otras obras suyas son *Rostro de Chile* (1955) y *Anillo de
Jade* (1959). Obtuvo el Premio Nacional de Literatura
en 1958.

    Neruda sintió gran aprecio por la persona y la
obra de Cruchaga. Tanto que cuando Neruda gana el
Premio Nacional de Literatura, en 1945, decidió compartir la mitad de su monto con Cruchaga. En el artículo sobre su poética, que escribe en 1931, desde Java,
para la revista *Atenea* dice: "Enfermedades y sueños, y
seres divinos, la mezcla del hastío y de la soledad, y los
aromas de ciertas flores y de ciertos países y continen-
tes, han hallado en la retórica de Ángel mayor lugar
extático que en la realidad del mundo. Su mitología
geográfica y sus nombres de plata como vetas de fuego
frío se entrecruzan en su piedra material, en su única y
favorita estatua."[14]

    Además de la "Oda a Ángel Cruchaga", que se
incluye en esta antología, Neruda escribió, en julio de
1944, un curioso "Soneto para Ángel Cruchaga Santa
María, enviándole una mariposa de Muzo".

RUBÉN DARÍO. Nace en Metapa, Nicaragua, en 1867. Su
verdadero nombre es Félix Rubén García Sarmiento. Es
uno de los escritores más importantes del continente y
el principal representante del modernismo hispano-
americano. Se le reconoce como uno de los renovadores de la poesía en lengua castellana. Jorge Luis Borges

---

[14] Neruda, Pablo, "Introducción a la poética de Ángel Cruchaga
Santa María", *Atenea,*, Nº 75-76, mayo-junio, 1931, Universidad de
Concepción.

escribió: "Cuando un poeta como Darío ha pasado por una literatura, todo en ella cambia (...) Todo lo renovó Darío: la materia, el vocabulario, la métrica, la magia peculiar de ciertas palabras, la sensibilidad del poeta y de sus lectores.." Por su parte, Pedro Henríquez Ureña anota: "Ninguno, desde la época de Góngora y Quevedo, ejerció influencia comparable en poder renovador, a la de Darío".

En 1879 escribe su primer poema, "La fe" y en 1880 publica sus trabajos iniciales en diarios y revistas. En 1886 viaja a Chile donde escribe la novela *Emelina*. Al año siguiente publica *Abrojos*, y en 1888 aparece su libro *Azul*, en Valparaíso. Participa en el cenáculo de Pedro Balmaceda, hijo del presidente José Manuel Balmaceda. En el poema que Neruda le dedica a éste en su *Canto general*, hace aparecer a Darío: " Rubén Darío entra por esta casa/ por esta Presidencia como quiere./ Una botella de coñac le aguarda./ El joven Minotauro envuelto en niebla/ de ríos, traspasado de sonidos/ sube la gran escalera que será/ tan difícil de subir a Mr. North..."

En 1889 regresa a Nicaragua. Desde 1892 viaja por Europa y los Estados Unidos. También visita Argentina, Brasil y Uruguay. En todos estos países desarrolla una importante labor poética, periodística y literaria. En 1896 publica dos de sus libros más importantes: *Los Raros* y *Prosas profanas*. En 1905 aparecen *Cantos de vida y esperanza* y *Los cisnes y otros poemas*. Muere el 6 de febrero de 1916.

Alain Sicard y Fernando Moreno advierten que "los ecos de la poesía dariana en la de Neruda se pueden constatar desde *Crepusculario*" donde algunos motivos como el exotismo y el ensueño, entre otros temas, marcan una "subyacente melodía modernista". Asimismo, los dos poetas se vinculan "en la simbología del erotismo y del amor totalizador y trascendente, visto como refugio y territorio de eternidad, aspecto al que se une el de la comunión panteísta con la naturaleza."[15]

Selena Millares, quien ha examinado la herencia de la simbología de Rubén Darío en la poesía amorosa de Neruda, coincide en las semejanzas que existen en la concepción del amor, en Darío y Neruda: " ..aunque con quejas solapadas, el amor se convierte en refugio, redención de la muerte, ilusión de eternidad, y se instituye en auténtica religión."[16]

DANIEL DEFOE. Penalista, escritor, comerciante, espía, estudioso del hampa, editor de guías turísticas y revistas, Defoe es universalmente conocido por su personaje de Robinson Crusoe.

Nace en Londres, en 1600. La ruina comercial lo llevó a la cárcel. Formuló proyectos de reformas económicas, jurídicas y sociales. En 1719 publica *La vida y las sorprendentes aventuras de Robinson Crusoe.* El extraordinario éxito de esta novela lo lleva a publicar *Nuevas aventuras de Robinson Crusoe,* y más tarde las *Graves y serias reflexiones* sobre este personaje. Estas aventuras se basan en un hecho real: las peripecias por subsistir en la solitaria isla de Juan Fernández, del náufrago escocés Alejandro Selkirk.

Otros libros de Defoe son *Diario del año de la peste* (1722) e *Historia general de los robos y asesinatos de los más famosos piratas* (1724).

---

[15] Sicard, Alain y Moreno, Fernando, *Diccionario del Canto general de Pablo Neruda.* Ed. Elipses, Lonrai, Francia, 2000.

[16] Millares, Selena, *El concepto de lo erótico en Darío y Neruda. Estudio de una simbología común,* en Anales de literatura hispanoamericana, N°17, Universidad Complutense de Madrid, 1988.

Neruda, que fue gran amante de los libros de viajes reales e imaginarios y de las aventuras en el mar, en su biblioteca tuvo varias ediciones de *Robinson Crusoe*, así como biografías de Alejandro Selkirk.

Isidore Ducasse. Más conocido por su heterónimo, el Conde de Lautréamont, nace el 4 de abril de 1846 en Montevideo, de padres franceses, en tiempos de epidemias y de guerras. Su madre muere a los veinte meses. Isidore llega por primera vez a Francia en 1859. Luego regresa a América y vuelve nuevamente a París en 1868. Toda su obra se publica entre este año y 1870, fecha en que se produce su misteriosa muerte, a los 24 años de edad. En agosto de 1868 publica en la capital francesa, por su propia cuenta, el *Canto Primero de Maldoror*. El conjunto de los seis cantos fue impreso en Bruselas, pero los mismos editores, alarmados por las reacciones que esta obra podía producir, la retiraron de circulación. Así, el libro no fue distribuido en vida del autor. Se considera a Lautréamont uno de los fundadores de la imaginación moderna.

Neruda anotó: "*Los Cantos de Maldoror* son el crimen más perfecto de la poesía universal". En sus *Memorias*, el poeta escribe: "Lautréamont, lo sabemos, fue mucho más lejos que Lautreámont. Y mucho más abajo, quiso ser infernal. Y mucho más alto, un arcángel maldito. Maldoror, en la magnitud de la desdicha celebra el 'matrimonio entre el cielo y el infierno'". Luego conjetura Neruda que Lautréamont "proyectó una nueva etapa, renegó de su rostro sombrío y escribió el prólogo de una nueva poesía optimista que no alcanzó a crear." Hernán Soto advierte acertadamente que Neruda recurre aquí a Lautréamont para construir una analogía respecto de sí mismo, puesto que el poeta chileno también tuvo su momento oscuro, pero a diferencia de Lautréamont, sí alcanzó a escribir una poesía de la transparencia y de la luz, a partir de *Tercera residencia.*

Hernán Soto concluye que "en Lautréamont, tal vez Neruda encontró angustias y tinieblas, que sintió como propias durante largo tiempo."[17]

ILYA EHRENBURG. Novelista y periodista ruso. Nace en Kiev, en 1891, en una familia judía de clase media. Se fue a París entre 1908 y 1917. Regresó a Rusia poco antes de la Revolución, pero volvió a emigrar en 1919. Comenzó a escribir bajo la influencia de los simbolistas y los futuristas. En 1919 escribe su primera novela, *Julio Jurenito,* una sátira de las instituciones, incluyendo las soviéticas. Al estallar la guerra civil en España, parte a la península como corresponsal del diario *Izvestya.* Regresa a Rusia poco antes de la invasión alemana. Durante la guerra se dedica al periodismo antinazi. Luego de la muerte de Stalin, Ehrenburg se convierte en un decidido partidario de la liberalización de la sociedad rusa y de la rehabilitación de los intelectuales que habían sido arbitrariamente condenados. Entre sus obras destacan, *El segundo día de la creación* (1934), la colección de ensayos reunidos bajo el título *Chéjov, Stendhal y otros estudios,* y sus *Memorias.* Muere en 1967.

Entre las muchas observaciones que Neruda dejó anotadas sobre su amigo Ehrenburg, se encuentra ésta, en su artículo "Algo sobre mi poesía y mi vida": "A

---

[17] Soto, Hernán, "Neruda y Lautréamont", en *Cuadernos de la Fundación Pablo Neruda,* año VIII, N° 29, Santiago, 1997.

Ehrenburg lo conozco hace muchos años. Es un maestro mundial de la polémica. Me recuerda un poco a Swift por su estilo demoledor siempre inesperado. Casi todos los días lo veo en su casa, en Moscú. Tiene una cantidad de perros. Sus amigos de Inglaterra le escriben sobre graves asuntos y sobre perros".

PAUL ÉLUARD. Poeta francés, su verdadero nombre es Eugene Grindel. Nace en 1895. Entre 1919 y 1938 adhiere al movimiento surrealista. De esta época son los libros *Capitale de la douleur* (1962), *L'amour la poésie* (1929), *La vie inmédiate* (1932) y *La rose publique* (1934), todos ellos escritos en proximidad al surrealismo, explorando sueños y deseos e imágenes del inconsciente. Incluso escribió junto a Breton el libro *L'inmaculée conception*, donde hacen un ejercicio de simulación de la locura.

Éluard aprovechó su experiencia surrealista para desarrollar una voz personal, llena de imágenes misteriosas, y para liberarse de los moldes poéticos más tradicionales. En 1930 abandona el surrealismo buscando una expresión más directa y transparente, y una poesía del amor y la fraternidad humanas, y que iluminara la vida de los hombres. Buscó también una poesía de la vida cotidiana, de lo habitual y lo elemental. En 1942 adhiere al Partido Comunista y se convierte en uno de los más activos e importantes integrantes de la resistencia intelectual contra la ocupación nazi. De ese tiempo son sus trabajos *Poésie et vérite* (1942), *Sept poemes d'amour en guerre* (1943), *Au rendez vous allemand* (1944).

Éluard fue uno de los amigos más entrañables de Neruda. Cuando el poeta francés muere, en noviembre de 1952, Neruda escribe un artículo en el diario *El*

Siglo, en el que dice: "Su poesía era cristal de piedra, agua inmovilizada en su constante corriente (...). Poeta del amor cenital, hoguera pura de mediodía, en los días desastrosos de la patria puso en medio de ella su corazón y de él salió el fuego decisivo para las batallas."

ALONSO DE ERCILLA Y ZÚÑIGA. El poeta soldado, Alonso de Ercilla y Zúñiga, nace en 1533. Fue paje del emperador Felipe II. En 1455 viajó a América junto al nuevo virrey del Perú, Andrés Hurtado de Mendoza. Dos años después se une al nuevo gobernador de Chile, García Hurtado de Mendoza, que parte a la frontera sur del reino, donde los indios mapuche presentaban una enconada resistencia a la invasión de sus territorios. De su experiencia en la llamada Guerra de Chile, tomó parte del material para escribir su gran poema épico, *La Araucana*, que se publica en tres partes, los años 1569, 1578 y 1589. El poema tiene influencia de Ariosto. Los diálogos, sueños, los amores y escenas mitológicas de *La Araucana* responden a los cánones clásicos y renacentistas a través de los cuales el poeta tamiza la realidad y los sucesos de los que es testigo. Ercilla ve con admiración el valor de sus propios enemigos, los mapuche. Muere en 1594.

Se considera a *La Araucana* como el poema fundador de la nacionalidad chilena. El mismo Neruda lo vio así. En la mencionada entrevista con Rita Guibert declaró: "Este país, Chile, fue inventado por un poeta, don Alonso de Ercilla y Zúñiga ... aristócrata vasco que llegó a Chile entre los conquistadores (...) Aquí la guerra entre araucanos y españoles se prolongó por siglos. Ésta ha sido la más larga guerra patria en la historia de la humanidad. Las tribus semisalvajes de la Araucanía lucharon 300 años seguidos contra el invasor español por su independencia, por su libertad. Don Alonso de Ercilla y Zúñiga (...) escribió su poema *La Araucana*, y en él se vio obligado a hacer el canto más importante de la literatura épica castellana, mucho más en honor de las tribus desconocidas de la Araucanía (...) que de los soldados de Castilla".

EUGENIO EVTUCHENKO. Nace en 1933 en Siberia donde sus antepasados habían sido enviados en el siglo XIX como castigo por participar en una rebelión campesina. En su juventud fue un destacado futbolista. Su primer poema aparece en la revista *Deporte soviético*. Publica su primer libro en 1952. Ese mismo año ingresa al Instituto de Literatura de Moscú. Luego fue expulsado de éste y de la Liga Comunista Juvenil, acusado de "individualismo". Su poesía recibió el reconocimiento del poeta y novelista ruso disidente Boris Pasternak. Entre sus influencias se encuentra la del mismo Pasternak, así como las de Esenin y Mayakovski.

Evtuchenko es un poeta que encanta a las multitudes. Fue el primero de su país en ofrecer recitales en estadios, plazas y otros escenarios masivos, en Europa y Latinoamérica. En Chile recitó junto a Pablo Neruda, en el Teatro Caupolicán, en 1968. Luego, en compañía de Francisco Coloane, recorrió el país desde Antofagasta hasta el extremo sur.

Algunos de sus libros son: *No he nacido triste, Entre la ciudad sí y la ciudad no*, y *Autobiografía precoz*. En uno de sus poemas, "Carta a Neruda", evoca la figura del poeta chileno en Valparaíso.

En su entrevista con Rita Guibert, Neruda dijo: "Evtuchenko es un poeta muy dotado. A mí me gusta mucho no sólo su poesía, sino su carácter polémico, su actitud excéntrica y gallarda, su desafío a las costumbres establecidas (...) Evtuchenko, además, es encantador, infantilmente vanidoso y muy alegre..." ˙

HOWARD FAST. Novelista norteamericano, nace en Nueva York, en 1914. Viaja por los Estados Unidos durante la gran depresión de los años '30, realizando trabajos de los más diversos tipos. En ese tiempo comienza su adhesión a la izquierda norteamericana. Sus obras son principalmente históricas y casi siempre con temas vinculados a acciones revolucionarias o de reivindicaciones sociales. Parte de su novelística se refiere a las guerras de independencia, y también a situaciones más contemporáneas. Tiene asimismo un ciclo de relatos situados en la antigüedad, como *Mis gloriosos hermanos, Espartaco, Poder, Moisés, príncipe de Egipto,* y *La hija de Agripa.*

Su libro *El dios desnudo,* de 1957, es un documento acerca de su desencanto con el Partido Comunista, del que dimitió, sin dejar por ello de ser izquierdista. Su novela *Poder,* que aparece en 1963, relata su propia labor como líder social y aborda los inicios de los movimientos sindicales de los mineros del carbón, entre los años 1920 y 1930.

En 1950, en plena época del macartismo, Fast fue encarcelado, junto a otros demócratas norteamericanos. Fast fue uno de los once integrantes del equipo ejecutivo del Comité Antifascista de Refugiados. Su prisión se debió a su negativa a entregar al Comité de Actividades Antinorteamricanas los nombres de las víctimas de Franco a las que su organización había ayudado. Entre las muchas manifestaciones de solidaridad que recibió, hubo una masiva manifestación de protesta en el local del Sindicato de Telefonistas de Ciudad de México. En este acto participaron intelectuales y escritores mexicanos, y Pablo Neruda, quien leyó "A Howard Fast", el poema escrito especialmente para esta ocasión y que se incluye en esta antología. Este poema se publicó en el diario *El Popular*, de México, y traducido al inglés en el periódico *The Worker Magazine*, del domingo 9 de julio de 1950. Hay que recordar que en ese momento Neruda también era un perseguido político.

El poeta chileno continuó citando de Fast como un emblema de la lucha por la libertad en los Estados Unidos. Así por ejemplo, en el discurso que dice en Varsovia, en la entrega de los premios mundiales de la Paz en 1950, recordó que Ehrenburg se había dirigido públicamente a los escritores de América del Norte. "Yo, escritor de América, os digo por qué no contestáis" —señalaba Neruda. Luego interpela a Hemningway y más adelante a Steinbeck: "gran Steinbeck, autor de grandes libros, ¿qué nos dices de Howard Fast? Estás de acuerdo con que un gran escritor de la patria de Jefferson escriba sus novelas en la cárcel?"

FEDERICO GARCÍA LORCA. Nace en Fuente Vaqueros, en 1898. Estudia en Granada y en 1919 viaja a Madrid a la Residencia de Estudiantes. Luego del éxito que logra en 1929 con su *Romancero gitano*, parte a Nueva York. A su regreso a España trabaja como codirector del Teatro La Barraca que recorre el país. En 1933 visita Buenos Aires para presentar su obra *Bodas de sangre*. Allí conoce a Neruda y se hacen grandes amigos. Pronuncian el famoso discurso al alimón, en honor de Rubén Darío. Al año siguiente ambos poetas se reencuentran en España. García Lorca acude a la estación ferroviaria madrileña con un ramo de flores para darle la bienvenida a Neruda. Meses después lo presenta en la Universidad de Madrid como "un poeta más cerca de la muerte que de la filosofía, más cerca del dolor que de la inteligencia, más cerca de la sangre que de la tinta".

Otros poemarios de García Lorca son: *Llanto por Ignacio Sánchez Mejías* (1934), *Canciones* (1927), *Poema del cante jondo* (1931), *Poeta en Nueva York* y *Diván del Tamarit*, que se publican póstumamente, en 1940. Entre sus obras de teatro están *La zapatera prodigiosa*, *Mariana Pineda*, *La Casa de Bernarda Alba* y *Doña Rosita la Soltera*.

En 1936 el poeta muere asesinado en Granada, por los franquistas, poco después de iniciada la guerra civil española. Neruda escribió en la revista *Hora de España* de marzo de 1937: "Si se hubiera buscado difícilmente, paso a paso, por todos los rincones a quien sacrificar, como se sacrifica un símbolo, no se hubiera hallado lo popular español (...) en nadie ni en nada como en este ser escogido."

Siempre ha llamado la atención el carácter premonitorio de la "Oda a Federico García Lorca" que escribe Neruda antes de la muerte del poeta y en la que entre otras cosas dice : "porque ante el río de la muerte lloras/ abandonadamente, heridamente..."

Gabriel García Márquez. La figura central del llamado "*boom* de la narrativa hispanoamericana de los años '60", nace en Aracataca, Colombia, el 6 de marzo de 1928, donde vive su primera infancia en casa del abuelo materno, el coronel Nicolás Márquez Iguarán, veterano de más de una guerra civil. Sus relatos de campañas militares, junto a las leyendas y fábulas que cuentan su abuela y sus tías, empiezan a construir su mundo imaginario. En 1947 ingresa la Facultad de Derecho de la Universidad Nacional de Bogotá y publica su primer cuento, "La tercera resignación", en el diario *El espectador*. En 1951 termina de escribir *La hojarasca*, que es rechazada por la Editorial Losada con una carta del crítico español Guillermo de Torre, en que le recomienda dedicarse a otra cosa. En 1962 aparece en México *Los funerales de la Mamá Grande*. En 1964, mientras trabaja haciendo guiones de cine comienza a escribir *Cien años de soledad*, que aparece en 1967. La primera edición se agota en sólo dos semanas, y en los años siguientes se convierte en uno de los principales sucesos editoriales del mundo. En 1970, en los Estados Unidos, los críticos seleccionan esta novela como uno de los doce mejores libros del año. Otras de sus obras son: *La mala hora, El coronel no tiene quien le escriba, El otoño del patriarca, El general en su laberinto, Crónica de una muerte anunciada, El amor en los tiempos del cólera, Doce cuentos peregrinos,* y *Noticia de un secuestro.*

En 1982 recibe el Premio Nobel de Literatura. En esa ocasión pronunció un discurso titulado "Brindis por la poesía" en el que dijo: "La poesía que con tan milagrosa totalidad rescata a nuestra América en *Las Alturas de Macchu Picchu* de Pablo Neruda el grande, el más grande, y donde destilan su tristeza milenaria nuestros mejores sueños sin salida."

OLIVERIO GIRONDO. Nace en Buenos Aires, el 17 de agosto de 1891, en el seno de una familia tradicional y acaudalada. En 1900 hace el primero de sus muchos viajes a Europa, visita la Exposición Internacional de París, y estudia en esta capital y en Londres. En 1909 termina sus estudios de Derecho en Buenos Aires. En 1916 incursiona sin éxito en el teatro. Lee con avidez a los poetas simbolistas franceses y a Rubén Darío y sigue recorriendo Europa. En 1922 publica en Francia sus *Veinte poemas para ser leídos en el tranvía.* En 1924 aparece *Martín Fierro,* la más importante revista literaria de la vanguardia argentina. El manifiesto inicial es escrito por Girondo, quien luego inicia un viaje por distintos países de Latinoamérica para establecer intercambio de *Martín Fierro* con otras revistas literarias del continente.

En 1925 publica en España su libro *Calcomanías,* y en 1932 *Espantapájaros.* Para vender íntegramente la edición de éste hace una original campaña de publicidad, paseando a un espantapájaros en una carroza funeraria por las calles más concurridas. En 1946 publica *Campo nuestro.* En este tiempo su casa de la calle Suipacha se convierte en un activo centro de tertulias intelectuales. Terminada la Segunda Guerra Mundial vuelve a viajar a Europa después de muchos años. Esta vez lo hace con su esposa, la poeta Norah Lange. Con ella también visita Chile, en 1954, invitado a la celebración del cumpleaños cincuenta de Neruda, al que le regala su recién aparecido libro *En la masmédula.* En 1961 es atropellado por un auto en la misma calle en que nació. Le practican una trepanación de cerebro que lo deja en condiciones de las que nunca se recuperará. Muere en Buenos Aires, el 24 de enero de 1967. Ramón Gómez de la Serna, que fue su amigo, lo recuerda como "el hombre de más bello vivir que nunca he encontrado, comprensivo, supervidente (...) verboso, imaginario, asomado a los últimos balcones."

Neruda escribió de él: "Pero el grandioso Oliverio fue inasible en su barbuda eternidad. A veces me parece divisarlo en estas redondas redomas que guardan miradas de amigos perdidos en el naufragio repetido de nuestras vidas y muertes."

RAMÓN GÓMEZ DE LA SERNA. Nace en Madrid en 1888. Una de sus creaciones más originales son la que él mismo llamó sus "Greguerías", una suerte de aforismos entre poéticos y humorísticos en prosa. En 1926 aparecen sus *Seis falsas novelas* donde parodia los estilos más usados en la literatura de ese momento. Su novela más conocida es *El Rastro* (1918). Su producción literaria es fecunda, incluye ensayos biográficos de varios escritores y pintores, y su autobiografía *Automoribundia* (1948). Muere en 1963.

En la extensa entrevista que le hizo Rita Guibert, a la pregunta por sus predilecciones literarias, Neruda respondió que quería hacer un capítulo aparte con Ramón Gómez de la Serna. "Ramón fue un gran río de inspiración y de invención fabulosa. No se ha valorizado ese mundo fantástico que nos dejó como herencia. Es un gran transformador del idioma, de los nexos, de la imaginación verbal; sus asociaciones fantásticas no tienen parangón en toda la historia del idioma español" —dijo entonces el poeta, agregando que lo ligó cierta amistad con Gómez de la Serna, pero que ambos eran demasiado ocupados y sólo se topaban rara vez.

JOSÉ GONZÁLEZ CARBALHO. Poeta y escritor argentino. Nace en 1900. Es autor de *El ángel harapiento* (1937), *Tiempo de amor perdido* (1940), *Sólo en el tiempo* (1943), y *Cancionero de la primera noche* (1946). Conoce a Neruda cuando éste fue cónsul en Buenos Aires, en 1935. Muere en 1958.

MIGUEL HERNÁNDEZ. El poeta-pastor nace en Orihuela, en 1910. Durante su infancia y juventud ayuda a pastorear el rebaño de cabras de su familia. Su primer libro es *Perito en lunas* (1933). Se traslada a Madrid con muy pocos medios. Allí escribe el drama *Los hijos de la piedra*. Su futura esposa, Josefina Manresa se convierte en la musa de los poemas de amor del libro *El rayo que no cesa* (1936), cuyos sonetos están trabajados de acuerdo a los modelos clásicos de Gracilaso y Lope.

De una primera etapa de poeta cristiano, influido por Neruda y Aleixandre entre otros, y por el fervor de la lucha por la causa republicana a la que se integra como voluntario, su poesía cambia, se hace directa y combativa, aun cuando sigue vinculada a las evocaciones ancestrales y a las del mundo natural. Algunos de sus poemarios, como *Viento del pueblo* (1937), están hechos para ser recitados en los frentes de batalla. En los años de lucha escribe también obras teatrales como *Teatro en la guerra* (1937) y *El labrador de más aire*, del mismo año. En sus últimos poemas de guerra, en *Cancionero y romancero de ausencias* (1938) y *El hombre que acecha* (1939) hay un tono trágico.

Terminada la guerra se niega a abandonar España, es hecho prisionero en Alicante, en cuya prisión muere de tuberculosis, en 1942. Neruda le profesó un afecto casi paternal, acogiéndolo y ayudándolo cuando llegó a Madrid.

Nazim Hickmet. Poeta turco, nace en 1902 y vive su infancia y juventud en la época del ocaso del vasto imperio otomano que termina de derrumbarse después de la Primera Guerra Mundial. Hickmet se une al movimiento nacionalista de Anatolia. Viaja a la naciente Unión Soviética donde vive los tiempos de la pugna por el poder luego de la muerte de Lenin, que termina con el ascenso de Stalin. En 1926 regresa a Turquía donde es detenido y condenado a 15 años de trabajos forzados. Gracias a la solidaridad mundial de los intelectuales se consigue su liberación. Publica en su país varios ensayos y novelas. En 1937, acusado de "crímenes sociales", recibe una condena a 61 años de cárcel. Lucha por su liberación con una larga huelga de hambre, pero sólo recupera la libertad después de 18 años de prisión, cuando el nuevo gobierno de Turquía otorga una amnistía general. Sin embargo, se le notifica que debe reconocer filas, por no haber hecho aún su servicio militar. El poeta huye entonces a la URSS en 1951 y vive allí hasta su muerte en 1963.

Neruda lo admiró, otorgándole esa privilegiada condición de poeta por el que canta la voz colectiva del pueblo: "todo el arroz saluda con su risa,/ todo su pueblo canta por su boca..."

VÍCTOR HUGO. Nace en Besancon en 1802. Se le considera el más fecundo y versátil de los autores franceses del romanticismo. Fue hijo de un general del ejército napoleónico y acompañó a su padre a Italia y España. A los 15 años aspiraba a ser "Chateaubriand o nada". Su carrera literaria se inicia en 1819 cuado gana un concurso en Toulouse. Publica su primer libro de odas en 1822 y al año siguiente su novela *Han de Islandia.* En la novela *El último día de un condenado,* de 1829, se evidencia su cambio de posición política desde el monarquismo hacia el liberalismo republicano. Su primera gran novela es *Nuestra señora de París,* ambientada en la Edad Media. En 1830 se estrena su obra teatral *Hernaní,* que suscitó un fuerte enfrentamiento entre los seguidores del teatro clásico, fiel al canon aristotélico, y el romántico, que se libera de ese modelo. En 1851, cuando se produce el golpe de Estado de Napoleón III, Hugo es desterrado de Francia, vive primero en Bélgica y luego en una isla del Canal de la Mancha, desde donde mantiene una porfiada lucha, durante 18 años, contra el tirano. En 1852 publica el folleto *Napoleón el pequeño*, y al año siguiente, la colección de poemas *Los castigos*. En 1862 aparece su monumental novela *Los miserables* a la que sigue otra de sus obras más difundidas en todo el mundo, *Los trabajadores del mar*. Aun cuando es amnistiado, se niega a regresar a su país y sólo lo hace después de la muerte de Napoleón III. Muere en París, en 1885.

Neruda admiró a Víctor Hugo no sólo como autor sino como escritor ciudadano, participante comprometido en los sucesos sociales y políticos de su tiempo. El poeta chileno, cuando fue perseguido por el gobierno de González Videla que lo obliga a escapar al exilio, ha de haberse identificado con Hugo también perseguido y desterrado por Napoleón III. Al donar su biblioteca a la Universidad, Neruda recordó que Paul Éluard le regaló "una edición clandestina de Víctor Hugo, perseguido en su tiempo por un pequeño tirano". El libro es *Chatiments (Los castigos)*, que ya hemos mencionado.

VICENTE HUIDOBRO. Nace en Santiago el 10 de enero de 1893. En su juventud viaja a Francia y alterna períodos de vida en París con otros en Chile. En la capital francesa hace amistad con los artistas e intelectuales más conocidos del momento. Pablo Picasso le hace un retrato en 1921, y otros pintores célebres, como Juan Gris ilustran sus libros. Junto al poeta alsaciano Han Harp escribe *Tres inmensas novelas*. Se le considera el iniciador del movimiento llamado Creacionismo, aún cuando Reverdy le disputa ese honor.

El credo del Creacionismo puede sintetizarse en algunas frases de Huidobro como su incitación a "hacer un poema como la naturaleza hace un árbol", o su afirmación de que"La poesía no deber imitar los aspectos de las cosas, sino seguir las leyes constructivas que constituyen su esencia y que les confiere la independencia propia de todo lo que es", o esta interpelación a sus colegas: "Por qué cantáis a la rosa, ¡oh poetas!,/ hacedla florecer en el poema."

Durante la guerra civil española adhiere al bando republicano, y en la Segunda Guerra Mundial se alista en el ejército francés. Luego regresa a Chile, residiendo entre Santiago y Cartagena, donde muere el 2 de enero de 1948.

Aun cuando su obra poética es la más importante, escribió también novelas como *Mio Cid Campeador* y *Sátiro o el poder de las palabras*, y obras de teatro. Entre sus libros de poesía están *El espejo de Agua, Ecuatorial, Ver y palpar, El ciudadano del olvido*, y el más conocido de todos, *Altazor*.

Huidobro estuvo entre los enemigos literarios de Neruda. Sin embargo, Neruda supo valorar la poesía huidobriana, y entre ambos hubo gestos de reconciliación. Uno de estos gestos, póstumo por partida doble, lo tuvo Neruda al escribir el texto que prologa el libro *Le citoyen de l'oubli*, que apareció en París, en 1974, es decir 26 años después de la muerte de Huidobro y meses después de la muerte de Neruda.

TOMÁS LAGO. El escritor Tomás Lago, nacido en Chillán en 1903, fue uno de los más cercanos amigos juveniles de Neruda, escribió junto a éste el libro *Anillos*, que se publica en 1926 y se compone de 11 textos breves en prosa de Neruda y 10 de Lago, que se van alternando.

Tomás Lago estudió Derecho, pero a los dos años abandonó los estudios para dedicarse a la literatura y al periodismo. En 1943, con ocasión del Centenario de la Universidad de Chile, organizó una exposición de arte tradicional del continente. Las colecciones exhibidas fueron donadas por los respectivos países para la formación del Museo de Arte Popular Americano, que hoy lleva el nombre de Tomás Lago. Fue director de la *Revista de Educación* y colaboró con muchas otras publicaciones. En 1953 publicó el estudio *El Huaso;* en 1960, *Rugendas, pintor romántico de Chile*, y en 1971, *Arte popular chileno.*

Tomás Lago muere en 1975. Se han publicado en forma póstuma *La viajera ilustrada*, una biografía de María Graham, y *Ojos y oídos cerca de Neruda.*

En *Claridad*, N° 122, de junio de 1924, Neruda lo describió así: "Tomás, desigual, delicado, va bordando con ojos difíciles cuanta malla singular le designa el camino".

JULIO LAFORGUE. Nace en Montevideo, en 1860, aunque es considerado un poeta francés. Fue lector de la emperatriz Augusta, en Berlín, entre 1861 y 1866. Luego regresó a vivir en París. Sólo publicó dos libros de poesía: *Les complaintes* (1885) y *L'imitation de Notre Dame la Lune* (1886), sin embargo tuvo una influencia importante y duradera en otros poetas, como T.S. Eliot. Usó el verso libre y también la libre asociación de ideas e imágenes. Cultivó la poesía de la gran ciudad industrializada moderna. Sus trabajos en prosa fueron reunidos en el volumen *Moralités légendaires*, que se publica 1887, el mismo año en que muere de tuberculosis en París.

JUAN LARREA. Nace en Bilbao en 1895. Obtiene la licenciatura en Filosofía y Letras de la Universidad Central de Madrid. Trabaja en el Cuerpo de Archiveros, Bibliotecarios y Arqueólogos. Adhiere al Creacionismo de Huidobro. Después de la guerra civil española se exilia en México, donde funda en 1940 la revista *España peregrina* con Bergamín y Carner. Es secretario de la revista *Cuadernos Americanos*. Se traslada a Argentina, donde ejerce como profesor de la Universidad de Córdoba. En 1974 recibe la Orden del Sol del gobierno del Perú por sus estudios sobre César Vallejo de quien fue amigo cercano. Sus libros son *Espinas cuando nieva, Guardando las distancias* y *Rendición del espíritu*. Fue enemigo de Neruda quien le dedicó su "Oda a Juan Tarrea", que se incluye en esta antología.

MARIANO LATORRE. Nace en Cobquecura en 1866. Su primer libro, *Cuentos del Maule* aparece en 1912. A sus relatos se les critica el excesivo énfasis en la observación de lo pintoresco rural, y en la descripción del mundo natural con el consiguiente desplazamiento de los personajes, aunque esto fue parte de su visión del mundo. José Santos González Vera anota que "ningún otro escritor captó la naturaleza con tan ansiosa sensualidad" como Latorre. Fue discípulo de Pereda y de Zola. Fue profesor de Castellano, empleado de la Biblioteca Nacional, y director del Instituto Pedagógico de la Universidad de Chile. En 1918 publica *Cuna de cóndores,* en 1920 *Zurzulita*, en 1923 *Ully*, en 1929 *Chilenos del mar* y en 1935 *On Panta*. En 1944 recibe el Premio Nacional de Literatura.

Para escribir sus obras Latorre realizaba previamente un trabajo de observación minucioso, casi científico de la realidad que llevaría al relato. González

Vera hace notar que: "Su labor es la mayor suma conocida acerca del campo y sus habitantes. Nada escribió
al azar. El detalle más fugaz es verídico."

Mariano Latorre murió en febrero de 1955. Para
despedir sus restos, Neruda leyó un hermoso texto en
el que dijo: "Los clásicos los produce la tierra, o más
bien, la alianza entre sus libros y la tierra, y tal vez
hemos vivido junto a nuestro primer clásico, Mariano
Latorre, sin estimar en lo que tendrá de permanente su
fidelidad al mandato de la tierra."

El joven Neruda se había disgustado con Mariano
Latorre por la crítica adversa que éste le hizo a su libro
Veinte poemas de amor y una canción desesperada cuando
apareció, en 1924. Sin embargo, no sólo le rindió homenaje en el momento de su muerte. Al incorporarse
como miembro académico de la Facultad de Filosofía y
Humanidades de la Universidad de Chile, en marzo de
1962, lo hizo con un discurso titulado "Mariano Latorre,
Pedro Prado y mi propia sombra", que se incluye en
esta antología.

RAMÓN LÓPEZ VELARDE. Gabriel Zaid anota que "la poesía de Ramón López Velarde no es menos importante
que el muralismo mexicano y hasta puede señalarse
como su antecedente inmediato". José Luis Martínez
señala que a su obra se la puede amar por muchas
cosas, entre ellas "por el aroma que cautivó de la pro-
vincia y por esa esencia del México más hondo que
nos revela".

López Velarde nace el 15 de junio de 1888 en Jerez,
Zacatecas. Entre 1908 y 1911 estudia Derecho en San
Luis Potosí. La parte más productiva de su vida transcu-
rre durante la Revolución. En 1910 el poeta conoció a
Francisco I. Madero y se unió a la causa de éste que se

oponía a una nueva reelección de Porfirio Díaz, quien buscaba eternizarse en el poder. En 1912 colabora en *La Nación*, de Ciudad de México, que es el órgano del Partido Católico Nacional. En 1916 publica su primer libro, *La sangre devota*, y en 1919 aparece *Zozobra*. El 19 de junio de 1921, pocos días después de haber cumplido los 33 años, López Velarde muere, aquejado de neumonía y pleuresía. Sus funerales se hicieron con honores oficiales. La revista *México Moderno* dijo: "Ramón López Velarde, el poeta mexicano por antonomasia, que auscultó con originalísimo talento el ritmo insospechado de nuestra vida provinciana, llevando a una poesía nueva y universal por sus secretos de selección y sus purezas estéticas los latidos de una raza, ha muerto. El 19 de junio de 1921 es un día de luto para la poesía castellana."

Octavio Paz publicó en la *Revista Mexicana de Literatura,* "El camino de la pasión (Ramón López Velarde)", uno de los ensayos más penetrantes sobre la personalidad y la obra de este poeta. En Santiago, la capital chilena, se editó el folleto *Presencia de Ramón López Velarde en Chile*, en septiembre de 1963, con textos de Gustavo Ortiz, Guillermo Atías y Pablo Neruda (que se incluye en esta antología), y una selección de poemas y prosas de López Velarde, hecha por el mismo Neruda.

VLADIMIR MAIAKOVSKI. Poeta y dramaturgo ruso. Nació en Georgia en 1893. Se lo considera uno de los escritores que revolucionó la lírica del siglo XX. Inicialmente fue admirador del futurismo ruso. Luego optó por un realismo caracterizado por el lenguaje coloquial, el versolibrismo y el intento de hacer una poesía clara, que llegara en forma sencilla y directa a sus lectores. Al

morir su padre, en 1906, la familia se traslada desde el
campo a Moscú. Entonces el joven Vladimir se convierte en un activo revolucionario. Con el triunfo de la
Revolución, entrega toda su energía creadora al naciente Estado soviético. Con otros poetas parte a dar recitales a las fábricas y al campo. Soñó con crear un arte
nuevo que conciliara con el orden social que estaba
construyendo la Revolución. Así, propició una poesía
que no estuviera divorciada del trabajo, de la política
ni del conocimiento. No obstante lo anterior, su obra
tiene una dimensión intimista que le acarreó acusacio-
nes de "individualismo". Su entusiasmo por la vida
política no logró resolver los conflictos de su vida íntima, y al parecer esto generó las tensiones que lo llevaron, en 1930, al suicidio. En todo caso, las razones
de esta determinación han sido muy discutidas. Entre
sus obras se cuentan *El hombre* (1917), *Ciento cincuenta
millones* (1921), *Yo amo* (1923), *Acerca de esto* (1923) y
En lo más alto de mi voz (1930).

La obra de Maiakovski está lejos del realismo socialista que se estableció como doctrina estética oficial
poco después de su muerte. Aun así, como el mismo
Neruda lo recordó, Stalin declaró que Maiakovski era y
seguía siendo el más grande de los poetas soviéticos.

En julio de 1943, Neruda recordaba: "Cuando éramos muy jóvenes oíamos la voz de Maiakovski con
incredulidad (...) un poeta hundía la mano en el corazón colectivo y extraía de él las fuerzas y la fe para
elevar sus nuevos cantos." Y en la entrevista con Rita
Guibert afirmó que "Maiakovski es el Walt Whitman
de la Revolución rusa así como Walt Whitman lo fue
de la Revolución industrial, del crecimiento norteamericano."

JORGE MANRIQUE. Nace en Paredes de Nava, hacia 1440, en una familia noble entre cuyos antepasados se cuenta al poeta y dramaturgo Gómez Manrique, y el marqués de Santillana. Es autor de cantos de amor, sátiras y acrósticos, en el estilo típico de su época. Su obra más famosa son sus *Coplas a la muerte de mi padre*. Esta obra es notable por sus reflexiones acerca de la fugacidad de la existencia y la vanidad de los afanes del hombre, con una notable naturalidad expresiva, y en un discurso lleno de imágenes y ecos bíblicos. Muere en 1476.

Comentando la "Oda a Jorge Manrique" que se incluye en esta antología, Sicard y Moreno anotan: "En ella Neruda poetiza un encuentro con quien llama 'el caballero de la muerte' y le concede la palabra a su homenajeado."[18]

JOSÉ MARTÍ. Poeta y patriota cubano, nace en La Habana el 28 de enero de 1853. Entonces, la isla era uno de los últimos reductos del ya casi extinto imperio colonial español. Martí estudió en la Escuela Superior de Varones dirigida por un gran animador de la cultura isleña, Rafael María de Mendive. El 10 de octubre de 1868 Carlos Manuel Céspedes inicia la rebelión en Yara, y se apodera de Santiago de Cuba donde proclama la República. Martí se compromete con la causa de la independencia en La Habana. Colabora con el periódico *Patria Libre*, del que aparece un solo número. Se desatan las persecuciones. Mendive es desterrado a España. En 1869 Martí también es detenido y enviado a la Fortaleza de La Cabaña a realizar trabajos forzados. Su familia logra

---

[18] Sicar, Alain y Moreno, Fernando, *op. cit.*

sacarlo de allí a la Isla de los Pinos y luego, a principios de 1871, embarcarlo a España. En Madrid escribe *El presidio político en Cuba*, además de artículos y poemas, mientras estudia Derecho. Viaja a Francia, Inglaterra, regresa a América, en Cuba es desterrado a España y después de muchos viajes se establece en Nueva York, en 1882, donde ya se había fundado el Partido Revolucionario Cubano que realiza una intensa campaña por la independencia de la isla. En 1885 Martí desembarca en Cuba para sumarse a las operaciones militares que dirige Máximo Gómez. Muere en ese mismo año en una acción de guerra contra los españoles.

Rubén Darío dijo de Martí: "Nuca he encontrado, ni en Castelar mismo, un conversador tan admirable. Era armonioso y familiar, dotado de una prodigiosa memoria, y ágil y pronto para la cita, para la reminiscencia, para el dato, para la imagen. Pasé con él momentos inolvidables..."

Martí fue uno de los iniciadores del Modernismo. Algunas de sus obras son *Versos libres* (1882), *Versos Sencillos* (1891) y la novela *Amistad funesta* (1885).

THIAGO DE MELLO. Nace el 30 de marzo de 1926 en un pueblo de la Amazonia, "el lugar más verde del mundo". Hace sus estudios escolares en Manaos y luego se traslada a Río de Janeiro donde entra a la carrera de Medicina, pero abandona esos estudios para dedicarse por entero a la poesía.

En 1951 publica su primer libro, *Silencio y palabra*, y un año después aparece *Narciso ciego*. Otto Maria Carpeaux dice que Thiago irrumpió como una fuerza elemental en el idílico paisaje de la poesía brasileña de entonces, o como un viento rudo que sacudió la hojarasca de la literatura académica.

La poesía de Thiago parece nutrirse en la rica diversidad humana de su propio pueblo, y desde ahí calar en los sueños colectivos del hombre. Sin renunciar a su sobrio lirismo se empeña en la causa de la emancipación humana, liberación tanto de los grandes poderes políticos y económicos, como de la degradación y la ignorancia.

Su poema "Los Estatutos del hombre" se ha publicado en más de treinta países. Esta condición de poeta combatiente lo llevó a la cárcel y luego a pasar varios años de su vida en el exilio.

Thiago de Mello se ha ocupado también en difundir la cultura brasileña en otras naciones de América, como Bolivia y Chile. En este último país, realizó una importante labor cuando a comienzos de los años '60 llegó a Santiago de Chile como Agregado Cultural de Brasil, su país natal. De especial importancia fue el trabajo editorial que hizo con los *Cuadernos brasileros*, donde colaboró Neruda, de quien fue gran amigo y con quien tuvo grandes afinidades. Volodia Teitelboim anota que Thiago recuerda a Neruda entre otros rasgos porque "acostumbra a viajar por su país interminable como un nuevo trovador, diciendo sus versos, en contacto cotidiano con la gente común de rostro y cálida de alma."

Entre sus libros destacan *Viento general, En un campo de margaritas, Arte y ciencia de elevar cometas, El pueblo sabe lo que dice, Aún es tiempo*, y unos quince títulos más. Ha sido traducido a los principales idiomas del mundo, y él mismo es traductor al portugués de César Vallejo, Pablo Neruda, Ernesto Cardenal y Eliseo Diego.

GABRIELA MISTRAL. Lucila Godoy Alcayaga, universalmente conocida como Gabriela Mistral, nació en Vicuña, una pequeña ciudad del Valle del Elqui, en el llamado Norte Chico de Chile, el 7 de abril de 1889. Su padre, Jerónimo Godoy, profesor primario, payador y buscador de minas, abandonó a la familia cuando Lucila tenía sólo tres años. Su madre, Petronila Alcayaga, campesina, tenía dos hijos de un matrimonio anterior. Uno de ellos, Emelina, 15 años mayor que Lucila, fue el ángel guardián de su infancia. Desde que ésta era muy niña le leía episodios de la historia sagrada.

En 1905 inicia una carrera pedagógica como ayudante en una Escuela de La Compañía. Luego ejerce en La Cantera, Santiago, Traiguén, Punta Arenas, Antofagasta, Temuco y Los Andes. En esta última ciudad conoce a un profesor de castellano llamado Pedro Aguirre Cerda, que llegará a ser Presidente de Chile, y que desde entonces siempre fue su protector.

Un desafortunado idilio juvenil, que termina cuando su amado, Romelio Ureta se suicida, le infunde un sentimiento doloroso y trágico que se refleja en su primer libro, *Desolación*, publicado en 1921.

En 1914 había ganado un importante concurso de poesía, en Santiago, con sus célebres "Sonetos de la Muerte". En 1922 es invitada a México por el Ministro de Educación, José Vasconcelos. Desde entonces, la vida de la poeta es un constante peregrinar, visitando países como los Estados Unidos, las naciones antillanas, Uruguay y Argentina; asistiendo a congresos y ejerciendo cargos consulares en distintas ciudades europeas.

En 1945 recibe el Premio Nobel de Literatura, y sólo seis años más tarde se le otorgará el Premio Nacional de Literatura.

Otros de sus libros de poesía son *Ternura*, *Tala* y *Lagar*. Su magnífica prosa ha sido recogida también en diversos libros como *Croquis mexicanos, Elogio de las cosas de la tierra, Grandeza de los oficios* y *Recados contando a Chile*.

Gabriela Mistral muere el 10 de enero de 1957 en el Hospital de Hamstead de Nueva York.

En sus *Memorias* Neruda recuerda que cuando era niño, llegó a Temuco "una señora alta, con vestidos muy largos y zapatos de taco bajo". Era la nueva directora del Liceo de Niñas, Gabriela Mistral. Ella le regalaba libros: "Eran siempre novelas rusas que ella consideraba como lo más extraordinario de la literatura mundial." Agrega el poeta: "Puedo decir que Gabriela me embarcó en esta seria y terrible visión de los novelistas rusos y que Tolstoi, Dostoievski, Chéjov entraron en mi más profunda predilección."

En 1923 el joven Neruda comentaba *Desolación*: "Rosario tormentoso, los dedos de ella han dejado en sus cuentas, huellas que sólo sus dedos pudieron imprimir." Luego, el 20 de noviembre de 1945, en la sesión de homenaje que el Congreso rinde a Gabriela Mistral, cuando ella recibe el Premio Nobel, el senador Neruda pronuncia un discurso en el que dice: "Esta madre sin hijos parece serlo de todos los chilenos: su palabra ha interrogado y alabado todo nuestro terruño, desde sus extensiones frías y forestales hasta la patria ardiente del salitre y del cobre (...) Ella misma es como parte de nuestra geografía, lenta y terrestre, generosa y secreta." Finalmente, en 1964, al visitar su tumba en Montegrande, Neruda dice: "... esta niña de pueblo, transformada por su poesía en una gran conciencia de nuestro tiempo, sigue después de muerta teniendo un papel central en la vida chilena".

DIEGO MUÑOZ. Nació el 13 de octubre de 1903, en
Victoria. Estudia Derecho. Perseguido por sus actividades políticas, viaja a Ecuador donde sigue estudiando
mientras trabaja como periodista. Recorre por mar toda
la costa de la región, incluyendo las islas Galápagos.
De este período salen los materiales para sus libros de
cuentos *Malditas cosas* y *De tierra y de mar*, que contie-
nen algunos relatos maestros, incluidos en varias antologías. En 1931 regresa a Chile como tripulante de la
goleta "Abelardo Rojas" y ya convertido en todo un
marino. Entonces escribe el primero de sus libros que
será publicado, *La avalancha*, sobre la gran moviliza-
ción civil que derrocó la dictadura del general Carlos
Ibáñez. Dos años más tarde publica una nueva novela,
De repente.

En el prólogo que Neruda escribió para esta obra
señala: " Los dos pequeños libros más fascinantes de
nuestra literatura son, seguramente, *La amortajada*, de
María Luisa Bombal, y *De repente* de Diego Muñoz.
Están alejados uno del otro como dos polos. El uno es
polarmente sueñero, el otro es antárticamente real,
pero en ambos se puede vivir y soñar, ser y dejar ser."

Héctor Eandi, el amigo y corresponsal argentino
de Neruda, calificó a *De repente* como "una suerte de
novela picaresca de factura muy moderna, pero de raíz
intemporal". Agregó: "El libro está escrito en un idioma ágil, llano, esmaltado de observaciones sicológicas
agudas, de giros inesperados, de observaciones curiosa-
mente acertadas."

Otros libros de Muñoz son *Carbón*, que se publica
en 1953 y relata una de las huelgas más prolongadas
de los mineros del carbón en Chile, y una serie de
trabajos que son el resultado de sus investigaciones
sobre la poesía popular: *Brito, poeta popular nortino*
(1945), *Lira popular* (1969), *Antología de cinco poetas*

populares (1971), y *Poesía popular chilena* (1972). Dejó escritos sus *Recuerdos de la bohemia nerudiana*, que se publicaron póstumamente.

MIGUEL OTERO SILVA. Poeta, narrador y periodista venezolano, nace en Barcelona en 1908. Comienza estudiando ingeniería en la Universidad Central de Caracas, pero luego se orienta hacia la política, el periodismo y las letras. Lucha contra la dictadura de Vicente Gómez. Luego de la derrota en una acción armada debe huir al exilio. En 1941 se encuentra nuevamente en Caracas donde funda un semanario humorístico y otro político. Publica su primera novela, *Fiebre*, en México. Con su padre y Antonio Arraiz funda el importante diario *El Nacional*. En 1955 publica su obra más conocida, la novela *Casas muertas,* por la que se le otorga el Premio Nacional de Literatura. Recibe también el Premio Nacional de Periodismo.

Otras de sus obras son las novelas *Oficina número 1* y *La muerte de Honorio,* y los poemarios *Agua y cauce, 25 poemas* y *Elegía coral a Eloy Andrés Blanco.*

Fue amigo personal de Pablo Neruda. En el diario *El Nacional* publicó por primera vez, muchas de las odas elementales del poeta chileno. Fue uno de los amigos que acompañaron a Neruda a recibir el Premio Nobel. Después de la muerte de Neruda, Miguel Otero Silva y Matilde Urrutia se encargaron de ordenar y establecer la edición definitiva de *Confieso que he vivido,* las memorias del poeta.

PEDRO PRADO. Este escritor chileno, que compartió su oficio de escritor con la profesión de arquitecto y la ocupación de agricultor, nace en 1886. Publica sus primeros versos *Flores de cardo,* en 1908, y en 1915 *Los pájaros errantes.* Una de sus obras más importantes, *Alsino,* aparece en 1920. Le sigue el drama *Adrovar* (1925), la novela *Un juez rural* (1924) y los libros de sonetos *Camino de las horas* (1934), *Otoño en las dunas* (1940), *Esta bella ciudad envenenada* (1945) y *No más que una rosa* (1946). Es fundador de la cofradía de Los Diez, una sociedad de poetas, músicos, escultores y pintores, que hicieron exposiciones, fundaron una re-vista, realizaron ediciones, y planearon levantar una torre en el litoral central de Chile. En 1949 recibe el Premio Nacional de Literatura. Muere en 1952.

Como lo señala el crítico Alone, la personalidad de Prado tuvo una "fisonomía compleja, sólida, origi-nal, de poeta, pensador, artista, hombre práctico, fun-dador de familia, capaz de hacer negocios y, al mismo tiempo, vago, solitario, melancólico".[19]

Neruda admiró desde muy joven a Pedro Prado. En una carta a Sabat Ercasty de 13 de mayo de 1923,le pregunta "¿Conoce usted a Pedro Prado? Es el más alto y el único artista de mi raza. Le enviaré sus libros". En otra carta a Sabat califica a Prado como "el mayor poeta de esta tierra", y en una carta que envía al mis-mo Prado, en enero de 1923, le dice que acaba de leer *Alsino* que le "gusta extrañamente".

ALEJANDRO PUSHKIN. Nace en Moscú el 6 de junio de 1799, en el seno de una familia de la nobleza. Su ma-dre era nieta de Ganibál, un joven abisinio que recibió como obsequio el zar Pedro el Grande, y que hizo una destacada carrera naval. Publica su primer poema,

---

[19] Alone, *Historia personal de la literatura chilena,* Editorial Zig-Zag, Santiago, 1962.

Recuerdos en Zarskoe Seló, en 1815. Es una pieza patriótica dedicada a la guerra de su país contra Napoleón. En 1817 trabaja en el Ministerio de Relaciones Exteriores y se dedica a la vida literaria en San Petersburgo. Su fama de poeta se consagra con la publicación del poema *Ruslán y Ludmila.* En su poesía se mezclan motivos épicos con otros del cuento popular, y además se revelan sus ideas liberales. Por éstas es desterrado al sur de Rusia donde escribe su poema *El prisionero del Cáucaso.* Aprovechó su exilio para recorrer una parte de su país que desconocía y ampliar los horizontes de su percepción literaria.

En 1823 comienza a preparar su original novela en verso *Eugenio Oneguin,* que es un extenso panorama de la vida en Rusia en las primeras décadas del siglo XIX. Su obra en prosa se inaugura con *Los cuentos de Belkin,* en 1830, a los que se considera precursores de la gran narrativa realista rusa. Siguen *La dama de pique* y *La hija del capitán.* Luego, Pushkin incursiona en la historia con un trabajo sobre Pedro el Grande. Valora la memoria popular con sus leyendas y relatos tradicionales, en la línea de la escuela romántica. Con la tragedia *Boris Godunov,* crea una nueva forma en la dramaturgia, que él mismo denomina "drama popular" caracterizado por el conflicto entre el destino del hombre y el del pueblo.

Pushkin muere a los 37 años. Al donar su biblioteca a la Universidad de Chile, Neruda dijo en una parte de su discurso: "Hay aquí un pequeño almanaque de Gotha del año 1838 (...) Lo tengo porque hay una línea perdida en su minúscula ortografía que dice lo siguiente: 'Día 12 de febrero de 1837, muere a consecuencia de un duelo el poeta ruso Alejandro Pushkin'. Esta línea es para mí una puñalada. Aún sangra la poesía universal por esta herida."

En el poema "El Ángel Soviético", de *Las uvas y el viento*, Neruda alude también a aquel duelo y a la inmortalidad del escritor ruso: "Pushkin/ se miró la camisa: /ya no sangraba el agujero sucio/ que dejara la bala asesina./ (...) y ahora/ con la herida cerrada/ recibió en la cabeza/ el viento de laureles,/ y echó a andar por las calles,/ acompañó a su pueblo..."

SALVATORE QUASIMODO. Nace en Modica, Italia, en 1901. Hizo estudios de ingeniería antes de llegar a ser profesor de literatura italiana en Milán. Fue uno de los grandes traductores de los antiguos poetas del mundo Mediterráneo, y en su propia poesía guardó preocupación por las formas clásicas. Escribió magníficas evocaciones poéticas del paisaje y de la gente de Sicilia y su pasado, que alcanzan cierta categoría mítica. La experiencia de la guerra cambia su poesía que frente al sufrimiento humano se llena de compasión e indignación moral. Algunas de sus obras son *Acque e terre* (1930), *Oboe sommerso* (1932) y *La vita non e sogno* (1949).

En 1959 recibe el Premio Nobel de Literatura. Muere en 1968. Quasimodo fue uno de los suscriptores de la muy escasa primera edición de *Los versos del capitán*, de Pablo Neruda, que se hizo en Nápoles, en sólo 50 ejemplares.

FRANCISCO DE QUEVEDO Y VILLEGAS. Este brillante poeta y escritor satírico español nace en Madrid, en 1580. Fue un estudiante aventajado de lenguas clásicas, teología y leyes en la Universidad de Alcalá. Ingresó a la corte del rey Felipe III, pero a raíz de un duelo debió irse a Italia. Volvió a la corte del nuevo rey, Felipe IV, pero probablemente a causa de sus escritos satíricos contra el favorito del monarca, el poderoso Conde Duque de Olivares, fue encarcelado y pasó varios años en prisión.

Quevedo fue poeta y testigo de la decadencia del Imperio español que se inicia en el siglo XVII. En su obra multifacética los valores del espíritu se contrastan con la visión de las miserias del ser humano, y las fugaces vanidades y oropeles de la vida con su propia conclusión en la realidad final de la muerte.

Sicard y Moreno hacen notar que la influencia de Quevedo aparece en la poesía de Neruda desde *Crepusculario* para continuar casi ininterrumpidamente hasta el último libro que el poeta chileno publica en vida, *Incitación al Nixonicidio y alabanza de la Revolución Chilena.*[20]

Entre sus obras se cuenta la novela picaresca *La historia de la vida del Buscón* (1603), *Los sueños* (1627) *La hora de todos y la fortuna con seso* (1635), *La vida de Marco Bruto* (1644), *El parnaso español* (1648), y *Las tres últimas musas* (1670).

ALBERTO ROJAS GIMÉNEZ. Este poeta, que llegó a convertirse en uno de los mitos de la bohemia nerudiana, nace en Quillota, en 1900. Hizo algunos estudios en la Facultad de Bellas Artes de la Universidad de Chile. Fue director de la revista *Claridad*, de la Federación de Estudiantes de Chile, y fundador del grupo Agú, voz que según él era el primer verso del recién nacido. Junto con el pintor Paschín Bustamante se embarcó a Francia. Publicó un libro de crónicas titulado *Chilenos en París*. Su obra poética, dispersa en diarios y revistas, fue reunida por Oreste Plath. Muere en 1934.

[20] Sicard, Alain y Moreno, Fernando, *op.cit.*

Neruda, en sus *Memorias* lo califica como "uno de mis más queridos compañeros generacionales", y lo recuerda así: "Elegante y apuesto a pesar de la miseria en la que parecía bailar como pájaro dorado (...) Libros y muchachas, botellas y barcos, itinerarios y archipiélagos, todo lo conocía y lo utilizaba hasta en sus más pequeños gestos. Se movía en el ambiente literario con un aire displicente de perdulario perpetuo, de despilfarrador profesional de su talento y su encanto..."

Al recibir la noticia de su muerte, Neruda estaba en Barcelona. Junto al pintor Isaías Cabezón fue a encenderle "dos inmensas velas, tan altas como hombres" en la basílica de Santa María del Mar. El otro homenaje del poeta a su amigo fue el poema "Alberto Rojas Giménez viene volando", que se incluye en esta antología.

JEAN ARTHUR RIMBAUD. Nace el 20 de octubre de 1854 en el pueblo de Charleville, al norte de Francia. Su vida fue agitada, breve y singular. Talento precoz e impetuoso, a los 17 años propone ya una nueva poesía que anuncia el simbolismo. Proclamó que había que ser un visionario "a través de la perturbación de todos los sentidos" y agotar en sí mismo todas las experiencias del amor, la pasión y la locura, reteniendo sus esencias. En sólo tres años de oficio literario renovó el lenguaje de la poesía de su tiempo. A los 20 dejó de escribir y de ahí en adelante mostró un total desinterés cuando no desprecio por la literatura.

En 1871 el joven Rimbaud huyó de su casa. Se sumó a la Comuna de París con un entusiasmo que al poco tiempo se desvaneció. Inicia luego su tortuosa relación con Paul Verlaine, poeta maduro, de 26 años, que se deslumbra con este adolescente y con su poesía. En la primavera de 1873, Rimbaud regresa a la casa materna y se dedica a escribir su obra maestra *Une saison en Enfer*. La publica en Bruselas y como no paga el valor de la impresión, la casa editorial destruye la mayor parte de la edición y el mismo Rimbaud quema los pocos ejemplares que le habían entregado, por lo que este libro pasa a ser una joya bibliofílica. Tal vez el único ejemplar que existe en América Latina se encuentra en la biblioteca que Neruda donó a la Universidad de Chile en 1953.

Más tarde Rimbaud hace una vida de vagancia aventurera. Como lo indica Edmond Wilson "planeó escapar de la realidad europea por un medio más eficaz que la autoalucinación". O como escribe Neruda: "...te encerraron/ en los muros de Europa/ y golpeabas frenético/ las puertas/ y cuando/ ya pudiste/partir/ ibas herido,/ herido y mudo,/ muerto..."

Después de muchas "navegaciones y regresos" se va a trabajar al África. En Harrar levanta su propio establecimiento para comerciar café, azúcar, algodón y armas, de las que provee a los reyezuelos locales. Cuando le anunciaron que sus versos —conservados por Verlaine— se habían publicado en París y eran celebrados por los poetas de la escuela simbolista, no mostró ningún interés. Después de una larga residencia en África, debió volver a Europa, aquejado de una infección severa en una pierna. En Marsella se la amputaron, pero la infección se le había propagado y tuvo que volver al hospital, donde murió el 10 de noviembre de 1891.

Rimbaud fue uno de los poetas más apreciados por Neruda. En su biblioteca, además de la rara y magnífica primera edición de *Une saison en Enfer*, el poeta chileno reunió una serie de valiosos manuscritos de Rimbaud y relativos a su muerte. Recordaba que una noche en que lo festejaban sus amigos en París, llegó

Paul Éluard con algunos magníficos regalos. Entre ellos las dos cartas en que Isabelle Rimbaud le cuenta a su madre la agonía de su hermano desde el hospital de Marsella. "Son el testimonio más desgarrador que se conoce —dijo Neruda—. Me decía Paul al regalarme estas cartas: Fíjate cómo se interrumpe al final, llega a decir 'Lo que Arthur quiere...' y el fragmento que sigue no se ha encontrado nunca. Y eso fue Rimbaud. Nadie sabrá jamás lo que quería."

En 1971, Neruda concluyó el discurso que pronuncia al recibir el Premio Nobel de Literatura, citando a Rimbaud, al que llamó "un pobre y espléndido poeta, el más atroz de los desesperados". Y la cita: "Al amanecer, armados de una ardiente paciencia, entraremos a las espléndidas ciudades". Dijo luego Neruda, que todo el porvenir está en aquella frase de Rimbaud: "Sólo con una ardiente paciencia conquistaremos la espléndida ciudad que dará luz, justicia y dignidad a todos los hombres."

WILLIAM SHAKESPEARE. Es uno de los más grandes dramaturgos de todos los tiempos. Nació en Stratford on Avon, en 1564. Se casó a los 18 años. En 1592 se encontraba en Londres y dos años después aparece como socio de una compañía teatral. En 1610 se retira a su pueblo natal donde muere en 1616.

Para las representaciones de su compañía escribió comedias para el gusto popular, como *La Fierecilla domada* y obras de crónica histórica. Su oficio de dramaturgo se fue refinando hasta alcanzar niveles cercanos a la perfección en farsas como *La comedia de las equivocaciones* o en dramas como *Ricardo III*, cuyo protagonista es el primero de una serie de poderosos y complejos personajes creados por el genio de Shakespeare.

Algunas de sus obras maestras son : *Romeo y Julieta, Hamlet, Macbeth, Otelo, El mercader de Venecia, y Julio César.*

Neruda fue admirador de Shakespeare. En 1964, al celebrarse el cuarto centenario del natalicio del dramaturgo inglés, tradujo *Romeo y Julieta* para la puesta en escena del Teatro de la Universidad de Chile. Con la experiencia que se obtuvo en esa temporada teatral, Neruda le hizo algunos retoques a la traducción, con el propósito de volver a montarla en 1973. Para esta nueva versión, Neruda escribió el poema "Soy servil servidor de don Guillermo" que era un llamado a la paz y la concordia en el difícil escenario de confrontación que se vivía en Chile en ese momento: "no trabajemos para que la muerte/ calle el amor, detenga la hermosura, / ni la explosión del odio y sus excesos/ nos lleve a la desdicha sin regreso. / Honor a Shakespeare y a su luz desnuda."

JUAN DE TASSIS, CONDE DE VILLAMEDIANA. Nace en Lisboa en 1582. En 1599 inicia su vida de cortesano y poeta. Acompaña al rey Felipe III en su viaje a Valencia en busca de su futura esposa, doña Margarita de Austria. Este mismo año publica sus dos primeros sonetos. En 1605, sus escandalosas aventuras galantes con la Marquesa del Valle lo obligan a dejar el país. Se va a Francia y desde ahí a Flandes. Con la muerte de su padre, en 1607, hereda el título de Conde de Villamediana. Al año siguiente es expulsado de la Corte por jugador. En 1611 viaja a Italia donde participa en tertulias literarias y en la llamada "Academia de los ociosos", e interviene en las guerras de Nápoles y Lombardía. A su regreso a España se ve envuelto en problemas económicos e intrigas cortesanas. Se le atribuye al autoría de escritos satíricos

y libelos que alcanzan hasta la persona del rey. En
1618 es condenado a destierro. Cuando asume el nuevo rey, Felipe IV, éste lo indulta y le permite el regreso
a la Corte. La esposa del rey, Isabel de Borbón, le pide
una comedia. Villamediana escribe entonces *La Gloria
de Niquea*, cuando dicha obra se está representando, el
15 de mayo de 1622 en los jardines de Aranjuez, estalla un incendio. Comienza a circular la leyenda de que
el fuego fue encendido por el propio Villamediana para
facilitar un encuentro amoroso con la reina. Neruda en
su "Viaje por las costas del mundo", hace referencia a
ese hecho: "Un día, con su propia mano, el conde in-
cendia los cortinajes del escenario en que se estrena la
pequeña 'petipieza' en que la reina se estrella y entre el
humo y los gritos, corre Villamediana con la reina en
sus brazos. Pero Madrid observa."

El 21 de agosto de 1622, es asesinado en la calle
Mayor de Madrid, no lejos de su palacio.

JUVENCIO VALLE. Su verdadero nombre fue Gilberto
Concha Riffo. Nace el 6 de noviembre de 1900, en el
pueblito de Almagro, cerca de Nueva Imperial. Fue
amigo de Neruda desde la infancia y como éste le can-
tó al bosque austral. En 1929 publica su primer libro,
La Flauta del hombre, en una pequeña imprenta local.
En 1932 aparece en Santiago *El Tratado del Bosque*. En
su juventud, Juvencio trabajó en el molino de su padre. Por eso Neruda y otros de sus contemporáneos lo
apodaron "El harinero". Ahí tenía mucho tiempo para
leer y escribir.

En un discurso casi autobiográfico que dijo el 28
de diciembre de 1957, se definió a sí mismo como "un
poeta contemplativo y flojo". En 1932 viaja a Santiago
donde se queda. Luego parte a Europa: "llegué una noche

a Barcelona —relató—. Jamás lo debería haber hecho.
La noche de mi arribo vi el más horroroso bombardeo
que imaginarme pude (...) recordé mis apacibles campos de Nueva Imperial, con su balar de ovejas y sus
cantos de diucas y chercanes. Pero a pesar de todo y
como soy un poeta contemplativo, allí me quedé dos
años".

En 1966 obtiene el Premio Nacional de Literatura.
Muere en 1998.

Otras de sus obras son *El libro primero de Margarita*, *Nimbo de piedra*, *El hijo del guardabosque*, *Del monte
en la ladera* y *Estación del atardecer*.

En noviembre de 1932 Neruda envía al crítico
literario Raúl Silva Castro, una carta en defensa de
Juvencio Valle. Dice en ella que éste "por derecho del
señorío lírico (...) por condiciones esenciales y secretas
(...) por lo arbitrario, lo profundo, lo dulce y perfumado de su poesía" es "el poeta más fascinador y atrayen-
te de la poesía actual de Chile". Agrega que *Tratado del
bosque* es "un fuego purísimo en mitad de la selva."

CÉSAR VALLEJO. Considerado como uno de los grandes
poetas de la lengua española en el siglo XX, César
Vallejo nació en Santiago de Chuco, el 16 de marzo de
1892. Fue el menor de once hermanos. Intentó estudiar Medicina en la Universidad de San Marcos, pero
terminó siguiendo estudios de Letras en Trujillo, gra-
duándose con la tesis "El Romanticismo en la poesía
castellana". Mientras estudiaba trabajaba como profesor. Uno de sus alumnos fue el destacado novelista Ciro
Alegría, quien al recordar a su profesor dijo: "Nunca he
visto a un hombre más triste". El mismo Vallejo le escribía a uno de sus hermanos: "Yo vivo muriéndome".
En 1919 publica *Los heraldos negros*. En 1923 viaja a

Europa. En París conoce a Vicente Huidobro, a Juan Larrea y al pintor Juan Gris, entre otros artistas e intelectuales. Cuando en 1922 se publica *Trilce*, ante la indiferencia con que es recibida la obra, Vallejo comenta amargamente: "ha nacido en el mayor vacío". Ocho años después, la segunda edición de este libro aparecerá en Madrid con prólogo de José Bergamín.

En 1930 Vallejo es expulsado de Francia. Al año siguiente publica *El Tungsteno* y *Rusia en 1931*. Se inscribe en el Partido Comunista español. Consigue arreglar su situación para volver a Francia. La sublevación de Franco y el estallido de la guerra civil española lo sorprende en París. Dedica toda su energía en apoyar a la República. En 1937 escribe *España, aparta de mí este cáliz*, un poemario dedicado al pueblo español que combate por la causa republicana. Participa en el Congreso de Escritores Antifascistas en Defensa de la Cultura.

En 1938 contrae una fiebre misteriosa que ni los exámenes ni los especialistas logran identificar. Un médico eminente, Lemiére, declara: "veo que este hombre se muere pero no se de qué". Efectivamente muere el viernes 18 de abril de 1938, a los 46 años en la clínica Arago de París.

WALT WHITMAN. Es tal vez el más importante poeta norteamericano. Nace en 1819 y muere en 1892. Fue tipógrafo, carpintero y periodista. En 1855 se publica la primera edición de su único libro *Hojas de hierba*, del que aparecerán otras ocho versiones con diversos agregados y enmiendas. De su convicción de que el yo individual obtiene su fuerza del colectivo humano, y su poder de la naturaleza y sus objetos más ínfimos, deriva la aspiración de Whitman de hacer una poesía clara, sencilla, directa, destinada a mostrar al hombre del pueblo la dimensión gloriosa de la vida y el trabajo cotidianos.

La admiración de Neruda por Whitman y la decisiva influencia que éste tuvo sobre el poeta chileno, merecen un capítulo especial. En el discurso que dice en abril de 1971, en los actos de celebración del cincuentenario del Pen Club, Neruda recordó que "cuando apenas cumplía quince años, descubrí a Walt Whitman, mi más grande acreedor", agregando "y estoy aquí, entre ustedes, acompañado por esta maravillosa deuda que me ha ayudado a existir".

Sobre la deuda confesada de Neruda con Whitman, el poeta ruso Ilya Erenburg anotaba: "la incontenible alegría de vivir, la grandiosidad e integridad orgánica de las imágenes, el desdén por todos los cánones y, finalmente, el verso libre del autor de *Hojas de hierba*, ayudaron al poeta chileno a encontrarse".

Selena Millares ha establecido seis núcleos en los que confluyen las escrituras poéticas de Whitman y Neruda. El primero es el que denomina "la universalización del yo poético". En *Canto a mí mismo* y en *Canto general*, los poetas cantan a la humanidad entera, asumiendo la voz de esa misma humanidad.[21]

Rodríguez Monegal agrega que, así como Whitman "se presenta en sus versos como hijo de Manhattan, como un cosmos, y cree estar con todos en todas partes, y asegura que su libro está vivo como un hombre, también Neruda se presenta, muchas veces, con la misma humildad y el mismo orgullo". Como ejemplo

---

[21] Millares, Selena, "Bajo el signo de Walt Whitman", en *Boletín de la Fundación Pablo Neruda*, Otoño 1991.

de esta disposición, cita este crítico "El Fugitivo", de *Canto general:* " Soy pueblo, pueblo innumerable..."[22]

Otro punto de confluencia es "la sensualidad y el panteísmo". Si Whitman se empeñó en la liberación de los estigmas del cuerpo, Neruda se convirtió, desde muy joven, en uno de los grandes poetas del amor de la literatura contemporánea. Uno de sus primeros libros, los célebres *Veinte poemas...*, fue innovador al introducir la alusión directa al amor carnal.

Fernando Alegría apunta que el parentesco más sorprendente entre Neruda y Whitman es el desarrollo del tema del autoerotismo. Selena Millares afirma que el panteísmo nerudiano deriva de un panerotismo "que se manifiesta en la imaginería sexual con que representa a la naturaleza y a la antropomorfización de la tierra..."[23]

Ambos poetas comparten también una visión materialista y cíclica de la existencia, en que la vida renace y se renueva a partir de las muertes sucesivas.

Si bien Whitman nunca reconoció ninguna militancia política, apoyó a lucha antiesclavista, admiró a Lincoln, fue antiimperialista y partidario de la democracia. Por su parte Neruda, desde *Tercera residencia,* se compromete con las luchas sociales de su tiempo, inicialmente con la causa antifacista. Como lo advierte Selena Millares, en uno de sus últimos libros, *Incitación al nixonicidio y alabanza de la revolución chilena*, Neruda parte "con una significativa invocación a Whitman, que puede considerarse un reconocimiento de su paternidad poética."[24]

---

[22] Rodríguez Monegal, Emir, *op.cit.*
[23] Millares, Selena, *op.cit.*
[24] Millares, Selena, *op. cit.*

Millares hace también ciertas concomitancias formales entre los dos poetas: el antiretoricismo, el versolibrismo y el uso de los catálogos enumerativos. Alegría indica también que Neruda canta a las causas emnacipadoras "usando el discurso lírico de Whitman, su verso libre, su realismo enumerativo, su vocabulario obrero" que expresa un espíritu de confraternidad universal. Agrega Alegría que "en el poema 'Que despierte el leñador', Neruda asume deliberadamente la forma enumerativa y sentenciosa de Whitman" para cantar a la civilización industrial de los Estados Unidos, a su riqueza agrícola y la grandeza moral y física de sus trabajadores. Los dos poetas encuentran en la figura de Lincoln al más puro paradigma de la democracia norteamericana.

Por último, Alegría apunta que Whitman es un poeta místico y panteísta. América es para él la utopía de una sociedad democrática. El progreso al que canta es "un plan cósmico que abarca todos los aspectos de la creación" y Neruda coincide en esta búsqueda del progreso, la paz y la fraternidad universales.[25]

---

[25] Alegría, Fernando, "Neruda y Whitman", del libro *Walt Whitman en Hispanoamérica*, en *Boletín de la Fundación Pablo Neruda*, Otoño 1991.

I

Residencia en la tierra 1 y 2

[1933 - 1935]

AUSENCIA DE JOAQUÍN

Desde ahora, como una partida verificada lejos,
en funerales estaciones de humo o solitarios
    malecones,
desde ahora lo veo precipitándose en su muerte,
y detrás de él siento cerrarse los días del tiempo.

Desde ahora, bruscamente, siento que parte,
precipitándose en las aguas, en ciertas aguas, en
    cierto océano,
y luego, al golpe suyo, gotas se levantan, y un ruido,
un determinado, sordo ruido siento producirse,
un golpe de agua azotada por su peso,
y de alguna parte, de alguna parte siento que saltan
    y salpican estas aguas,
sobre mí salpican estas aguas, y viven como ácidos.

Su costumbre de sueños y desmedidas noches,
su alma desobediente, su preparada palidez,
duermen con él por último, y él duerme,
porque al mar de los muertos su pasión desplómase,
violentamente hundiéndose, fríamente asociándose.

ODA FEDERICO GARCÍA LORCA

Si pudiera llorar de miedo en una casa sola,
si pudiera sacarme los ojos y comérmelos,
lo haría por tu voz de naranjo enlutado
y por tu poesía que sale dando gritos.

Porque por ti pintan de azul los hospitales
y crecen las escuelas y los barrios marítimos,
y se pueblan de plumas los ángeles heridos,
y se cubren de escamas los pescados nupciales,
y van volando al cielo los erizos:
por ti las sastrerías con sus negras membranas
se llenan de cucharas y de sangre,
y tragan cintas rotas, y se matan a besos,
y se visten de blanco.

Cuando vuelas vestido de durazno,
cuando ríes con risa de arroz huracanado,
cuando para cantar sacudes las arterias y los dientes,
la garganta y los dedos,
me moriría por lo dulce que eres,
me moriría por los lagos rojos
en donde en medio del otoño vives
con un cordel caído y un dios ensangrentado,
me moriría por los cementerios
que como cenicientos ríos pasan
con agua y tumbas,
de noche, entre campanas ahogadas:
ríos espesos como dormitorios
de soldados enfermos, que de súbito crecen

hacia la muerte en ríos con números de mármol
y coronas podridas, y aceites funerales:
me moriría por verte de noche
mirar pasar las cruces anegadas,
de pie llorando,
porque ante el río de la muerte lloras
abandonadamente, heridamente,
lloras llorando, con los ojos llenos
de lágrimas, de lágrimas, de lágrimas.

Si pudiera de noche, perdidamente solo,
acumular olvido y sombra y humo
sobre ferrocarriles y vapores,
con un embudo negro,
mordiendo las cenizas,
lo haría por el árbol en que creces,
por los nidos de aguas doradas que reúnes,
y por la enredadera que te cubre los huesos
comunicándote el secreto de la noche.

Ciudades con olor a cebolla mojada
esperan que tú pases cantando roncamente,
y silenciosos barcos de esperma te persiguen,
y golondrinas verdes hacen nido en tu pelo,
además caracoles y semanas,
mástiles enrollados y cerezas
definitivamente circulan cuando asoman
tu pálida cabeza de quince ojos
y tu boca de sangre sumergida.

Si pudiera llenar de hollín las alcaldías
y, sollozando, derribar relojes,
sería para ver cuándo a tu casa
llega el verano con los labios rotos,

llegan muchas personas de traje agonizante,
llegan regiones de triste esplendor,
llegan arados muertos y amapolas,
llegan enterradores y jinetes,
llegan planetas y mapas con sangre,
llegan buzos cubiertos de ceniza,
llegan enmascarados arrastrando doncellas
atravesadas por grandes cuchillos,
llegan raíces, venas, hospitales,
manantiales, hormigas,
llega la noche con la cama en donde
muere entre las arañas un húsar solitario,
llega una rosa de odio y alfileres,
llega una embarcación amarillenta,
llega un día de viento con un niño,
llego yo con Oliverio, Norah,
Vicente Aleixandre, Delia,
Maruca, Malva Marina, María Luisa y Larco,
la Rubia, Rafael, Ugarte,
Cotapos, Rafael Alberti,
Carlos, Bebé, Manolo Altolaguirre,
Molinari,
Rosales, Concha Méndez,
y otros que se me olvidan.

Ven a que te corone, joven de la salud
y de la mariposa, joven puro
como un negro relámpago perpetuamente libre,
y conversando entre nosotros,
ahora, cuando no queda nadie entre las rocas,
hablemos sencillamente como eres tú y soy yo:
para qué sirven los versos si no es para el rocío?

Para qué sirven los versos si no es para esa noche
en que un puñal amargo nos averigua, para ese día,
para ese crepúsculo, para ese rincón roto
donde el golpeado corazón del hombre se dispone a
     morir?

Sobre todo de noche,
de noche hay muchas estrellas,
todas dentro de un río,
como una cinta junto a las ventanas
de las casas llenas de pobres gentes.

Alguien se les ha muerto, tal vez
han perdido sus colocaciones en las oficinas,
en los hospitales, en los ascensores,
en las minas,
sufren los seres tercamente heridos
y hay propósito y llanto en todas partes:
mientras las estrellas corren dentro de un río
     interminable
hay mucho llanto en las ventanas,
los umbrales están gastados por el llanto,
las alcobas están mojadas por el llanto
que llega en forma de ola a morder las alfombras.

Federico,
tú ves el mundo, las calles,
el vinagre,
las despedidas en las estaciones
cuando el humo levanta sus ruedas decisivas
hacia donde no hay nada sino algunas
separaciones, piedras, vías férreas.

Hay tantas gentes haciendo preguntas
por todas partes.
Hay el ciego sangriento, y el iracundo, y el
desanimado,
y el miserable, el árbol de las uñas,
el bandolero con la envidia a cuestas.

Así es la vida, Federico, aquí tienes
las cosas que te puede ofrecer mi amistad
de melancólico varón varonil.
Ya sabes por ti mismo muchas cosas,
y otras irás sabiendo lentamente.

ALBERTO ROJAS GIMÉNEZ VIENE VOLANDO

Entre plumas que asustan, entre noches,
entre magnolias, entre telegramas,
entre el viento del Sur y el Oeste marino,
          vienes volando.

Bajo las tumbas, bajo las cenizas,
bajo los caracoles congelados,
bajo las últimas aguas terrestres,
          vienes volando.

Más abajo, entre niñas sumergidas,
y plantas ciegas, y pescados rotos,
más abajo, entre nubes otra vez,
          vienes volando.

Más allá de la sangre y de los huesos,
más allá del pan, más allá del vino,
más allá del fuego,
          vienes volando.

Más allá del vinagre y de la muerte,
entre putrefacciones y violetas,
con tu celeste voz y tus zapatos húmedos,
          vienes volando.

Sobre diputaciones y farmacias,
y ruedas, y abogados, y navíos,
y dientes rojos recién arrancados,
          vienes volando.

Sobre ciudades de tejado hundido
en que grandes mujeres se destrenzan
con anchas manos y peines perdidos,
        vienes volando.

Junto a bodegas donde el vino crece
con tibias manos turbias, en silencio,
con lentas manos de madera roja,
        vienes volando.

Entre aviadores desaparecidos,
al lado de canales y de sombras,
al lado de azucenas enterradas,
        vienes volando.

Entre botellas de color amargo,
entre anillos de anís y desventura,
levantando las manos y llorando,
        vienes volando.

Sobre dentistas y congregaciones,
sobre cines, y túneles, y orejas,
con traje nuevo y ojos extinguidos,
        vienes volando.

Sobre tu cementerio sin paredes
donde los marineros se extravían,
mientras la lluvia de tu muerte cae,
        vienes volando.

Mientras la lluvia de tus dedos cae,
mientras la lluvia de tus huesos cae,
mientras tu médula y tu risa caen,
        vienes volando.

Sobre las piedras en que te derrites,
corriendo, invierno abajo, tiempo abajo,
mientras tu corazón desciende en gotas,
        vienes volando.

No estás allí, rodeado de cemento,
y negros corazones de notarios,
y enfurecidos huesos de jinetes:
        vienes volando.

Oh amapola marina, oh deudo mío,
oh guitarrero vestido de abejas,
no es verdad tanta sombra en tus cabellos:
        vienes volando.

No es verdad tanta sombra persiguiéndote,
no es verdad tantas golondrinas muertas,
tanta región oscura con lamentos:
        vienes volando.

El viento negro de Valparaíso
abre sus alas de carbón y espuma
para barrer el cielo donde pasas:
        vienes volando.

Hay vapores, y un frío de mar muerto,
y silbatos, y meses, y un olor
de mañana lloviendo y peces sucios:
        vienes volando.

Hay ron, tú y yo, y mi alma donde lloro,
y nadie y nada, sino una escalera
de peldaños quebrados, y un paraguas:
        vienes volando.

Allí está el mar. Bajo de noche y te oigo
venir volando bajo el mar sin nadie,
bajo el mar que me habita, oscurecido:
            vienes volando.

Oigo tus alas y tu lento vuelo,
y el agua de los muertos me golpea
como palomas ciegas y mojadas:
            vienes volando.

Vienes volando, solo, solitario,
solo entre muertos, para siempre solo,
vienes volando sin sombra y sin nombre,
sin azúcar, sin boca, sin rosales,
            vienes volando.

EL DESENTERRADO

Homenaje al Conde de Villamediana

Cuando la tierra llena de párpados mojados
se haga ceniza y duro aire cernido,
y los terrones secos y las aguas,
los pozos, los metales,
por fin devuelvan sus gastados muertos,
quiero una oreja, un ojo,
un corazón herido dando tumbos,
un hueco de puñal hace ya tiempo hundido
en un cuerpo hace tiempo exterminado y solo,
quiero unas manos, una ciencia de uñas,
una boca de espanto y amapolas muriendo,
quiero ver levantarse del polvo inútil
un ronco árbol de venas sacudidas,
yo quiero de la tierra más amarga,
entre azufre y turquesa y olas rojas,
y torbellinos de carbón callado,
quiero una carne despertar sus huesos
aullando llamas,
y un especial olfato correr en busca de algo,
y una vista cegada por la tierra
correr detrás de dos ojos oscuros,
y un oído, de pronto, como una ostra furiosa,
rabiosa, desmedida,
levantarse hacia el trueno,
y un tacto puro, entre sales perdido,
salir tocando pechos y azucenas, de pronto.

Oh día de los muertos! oh distancia hacia donde
la espiga muerta yace con su olor a relámpago,
oh galerías entregando un nido
y un pez y una mejilla y una espada,
todo molido entre las confusiones,
todo sin esperanzas decaído,
todo en la sima seca alimentado
entre los dientes de la tierra dura.

Y la pluma a su pájaro suave,
y la luna a su cinta, y el perfume a su forma,
y, entre las rosas, el desenterrado,
el hombre lleno de algas minerales,
y a sus dos agujeros sus ojos retornando.

Está desnudo,
sus ropas no se encuentran en el polvo,
y su armadura rota se ha deslizado al fondo del
        infierno,
y su barba ha crecido como el aire en otoño,
y hasta su corazón quiere morder manzanas.

Cuelgan de sus rodillas y sus hombros
adherencias de olvido, hebras del suelo,
zonas de vidrio roto y aluminio,
cáscaras de cadáveres amargos,
bolsillos de agua convertida en hierro:
y reuniones de terribles bocas
derramadas y azules,
y ramas de coral acongojado
hacen corona a su cabeza verde,
y tristes vegetales fallecidos
y maderas nocturnas le rodean,
y en él aún duermen palomas entreabiertas
con ojos de cemento subterráneo.

Conde dulce, en la niebla,
oh recién despertado de las minas,
oh recién seco del agua sin río,
oh recién sin arañas!

Crujen minutos en tus pies naciendo,
tu sexo asesinado se incorpora,
y levantas la mano en donde vive
todavía el secreto de la espuma.

II

Canto general

[1950]

LOS CONQUISTADORES

ERCILLA

Piedras de Arauco y desatadas rosas
fluviales, territorios de raíces,
se encuentran con el hombre que ha llegado de
    España.
Invaden su armadura con gigantesco liquen.
Atropellan su espada las sombras del helecho.
La yedra original pone manos azules
en el recién llegado silencio del planeta.
Hombre, Ercilla sonoro, oigo el pulso del agua
de tu primer amanecer, un frenesí de pájaros
y un trueno en el follaje.
Deja, deja tu huella
de águila rubia, destroza
tu mejilla contra el maíz salvaje,
todo será en la tierra devorado.
Sonoro, sólo tú no beberás la copa
de sangre, sonoro, sólo al rápido
fulgor de ti nacido
llegará la secreta boca del tiempo en vano
para decirte: en vano.
En vano, en vano
sangre por los ramajes de cristal salpicado,
en vano por las noches del puma
el desafiante paso del soldado,
las órdenes,
los pasos
del herido.
Todo vuelve al silencio coronado de plumas
en donde un rey remoto devora enredaderas.

LOS LIBERTADORES

CASTRO ALVES DEL BRASIL

Castro Alves del Brasil, tú para quién cantaste?
Para la flor cantaste? Para el agua
cuya hermosura dice palabras a las piedras?
Cantaste para los ojos, para el perfil cortado
de la que amaste entonces? Para la primavera?

Sí, pero aquellos pétalos no tenían rocío,
aquellas aguas negras no tenían palabras,
aquellos ojos eran los que vieron la muerte,
ardían los martirios aun detrás del amor,
la primavera estaba salpicada de sangre.

—Canté para los esclavos, ellos sobre los barcos
como el racimo oscuro del árbol de la ira
viajaron, y en el puerto se desangró el navío
dejándonos el peso de una sangre robada.

—Canté en aquellos días contra el infierno,
contra las afiladas lenguas de la codicia,
contra el oro empapado en el tormento,
contra la mano que empuñaba el látigo,
contra los directores de tinieblas.

—Cada rosa tenía un muerto en sus raíces.
La luz, la noche, el cielo cubrían de llanto,
los ojos se apartaban de las manos heridas
y era mi voz la única que llenaba el silencio.

—Yo quise que del hombre nos salváramos,
yo creía que la ruta pasaba por el hombre,
y que de allí tenía que salir el destino.
Yo canté para aquellos que no tenían voz.
Mi voz golpeó las puertas hasta entonces cerradas
para que, combatiendo, la Libertad entrase.

Castro Alves del Brasil, hoy que tu libro puro
vuelve a nacer para la tierra libre,
déjame a mí, poeta de nuestra pobre América,
coronar tu cabeza con el laurel del pueblo.
Tu voz se unió a la eterna y alta voz de los hombres.
Cantaste bien. Cantaste como debe cantarse.

MARTÍ (1890)

Cuba, flor espumosa, efervescente
azucena escarlata, jazminero,
cuesta encontrar bajo la red florida
tu sombrío carbón martirizado,
la antigua arruga que dejó la muerte,
la cicatriz cubierta por la espuma.

Pero dentro de ti como una clara
geometría de nieve germinada,
donde se abren tus últimas cortezas,
yace Martí como una almendra pura.

Está en el fondo circular del aire,
está en el centro azul del territorio,
y reluce como una gota de agua
su dormida pureza de semilla.

Es de cristal la noche que lo cubre.
Llanto y dolor, de pronto, crueles gotas
atraviesan la tierra hasta el recinto
de la infinita claridad dormida.

El pueblo a veces baja sus raíces
a través de la noche hasta tocar
el agua quieta en su escondido manto.
A veces cruza el rencor iracundo
pisoteando sembradas superficies
y un muerto cae en la copa del pueblo.

A veces vuelve el látigo enterrado
a silbar en el aire de la cúpula
y una gota de sangre como un pétalo
cae a la tierra y desciende al silencio.
Todo llega al fulgor inmaculado.
Los temblores minúsculos golpean
las puertas de cristal del escondido.

Toda lágrima toca su corriente.

Todo fuego estremece su estructura.
Y así de la yacente fortaleza,
del escondido germen caudaloso
salen los combatientes de la isla.

Vienen de un manantial determinado.

Nacen de una vertiente cristalina.

CANTO GENERAL DE CHILE

TOMÁS LAGO

Otras gentes se acostaron entre las páginas
    durmiendo
como insectos elzevirianos, entre ellos
se han disputado ciertos libros recién impresos
como en el *football*, dándose goles de sabiduría.
Nosotros cantamos entonces en la primavera,
junto a los ríos que arrastran piedras de los Andes,
y estábamos trenzados con nuestras mujeres
    sorbiendo
más de un panal, devorando hasta el azufre del
    mundo.
No sólo eso, sino mucho más: compartimos
la vida con humildes amigos que amamos,
y que nos enseñaron con las fechas del vino
el alfabeto honrado de la arena, el reposo
de los que han conseguido en la dureza
salir cantando. Oh días en que juntos
visitamos la cueva y los tugurios,
destrozamos las telas de araña, y en las márgenes
del Sur bajo la noche y su argamasa
removida viajamos;
todo era flor y patria pasajera,
todo era lluvia y material del humo.
Qué ancha carretera caminamos, deteniendo
el paso en las posadas, dirigiendo
la atención a un extremo crepúsculo, a una piedra,
a una pared escrita por un carbón, a un grupo
de fogoneros que de pronto
nos enseñaron todas las canciones de invierno.

Pero no sólo el orugo andaba camaleando,
en nuestras ventanas, bañado en celulosa,
cada vez más celestial en su papel de culto,
sino el ferruginoso, el iracundo, el vaquero
que nos quería cobrar con dos pistolas al pecho,
amenazándonos con comerse a nuestras madres
y empeñar nuestras posesiones
(llamando a todo esto *heroísmo* y otras cosas).
Los dejamos pasar mirándolos, no pudieron
sacarnos una cáscara, doblegar un latido,
y se dirigieron cada uno a su tumba,
de diarios europeos o pesos bolivianos.
Nuestras lámparas siguen encendidas, ardiendo
más altas que el papel y que los forajidos.

RUBÉN AZÓCAR

Hacia las islas!, dijimos. Eran días de confianza
y estábamos sostenidos por árboles ilustres:
nada nos parecía lejano, todo podía enredarse
de un momento a otro en la luz que producíamos.
Llegamos con zapatos de cuero grueso: llovía,
llovía en las islas, así se mantenía el territorio
como una mano verde, como un guante
cuyos dedos flotaban
                         entre las algas rojas.
Llenamos de tabaco el archipiélago, fumábamos
hasta tarde en el Hotel Nilsson, y disparábamos
ostras frescas hacia todos los puntos cardinales.
La ciudad tenía una fábrica religiosa
de cuyas puertas grandes, en la tarde inanimada,
salía como un largo coleóptero un desfile
negro, de sotanillas bajo la triste lluvia:
acudíamos a todos los borgoñas, llenábamos
el papel con los signos de un dolor jeroglífico.
Yo me evadí de pronto: por muchos años, distante,
en otros climas que acaudalaron mis pasiones
recordé las barcas bajo la lluvia, contigo,
que allí te quedabas para que tus grandes cejas
echaran sus raíces mojadas en las islas.

JUVENCIO VALLE

Juvencio, nadie sabe como tú y yo el secreto
del bosque de Boroa: nadie
conoce ciertos senderos de tierra enrojecida
sobre los que despierta la luz del avellano.
Cuando la gente no nos oye no sabe
que escuchamos llover sobre árboles y techos
de zinc, y que aún amamos a la telegrafista,
aquella, aquella muchacha que como nosotros
conoce el grito hundido de las locomotoras
de invierno, en las comarcas.
                            Sólo tú, silencioso,
entraste en el aroma que la lluvia derriba,
incitaste el aumento dorado de la flora,
recogiste el jazmín antes de que naciera.
El barro triste, frente a los almacenes,
el barro triturado por las graves carretas
como la negra arcilla de ciertos sufrimientos,
está, quién como tú lo sabe?, derramado
detrás de la profunda primavera.
                                    También
tenemos en secreto otros tesoros:
hojas que como lenguas escarlata
cubren la tierra, y piedras suavizadas
por la corriente, piedras de los ríos.

DIEGO MUÑOZ

No sólo nos defendimos, así parece, con
    descubrimientos
y signos extendidos en papel tempestuoso,
sino que, capitanes, corregimos
a puñetazos la calle maligna
y luego entre acordeones elevamos
el corazón con aguas y cordajes.
Marinero, ya has regresado de tus puertos,
de Guayaquil, olores de frutas polvorientas,
y de toda la tierra un sol de acero
que te hizo derramar victoriosas espadas.
Hoy sobre los carbones de la patria ha llegado
una hora —dolores y amor— que compartimos,
y del mar sobresale sobre tu voz el hilo
de una fraternidad más ancha que la tierra.

QUE DESPIERTE EL LEÑADOR

I

Al oeste de Colorado River
hay un sitio que amo.
Acudo allí con todo lo que palpitando
transcurre en mí, con todo
lo que fui, lo que soy, lo que sostengo.
Hay unas altas piedras rojas, el aire
salvaje de mil manos
las hizo edificadas estructuras:
el escarlata ciego subió desde el abismo
y en ellas se hizo cobre, fuego y fuerza.
América extendida como la piel del búfalo,
aérea y clara noche del galope,
allí hacia las alturas estrelladas,
bebo tu copa de verde rocío.

Sí, por agria Arizona y Wisconsin nudoso,
hasta Milwaukee levantada contra el viento y la nieve
o en los enardecidos pantanos de West Palm,
cerca de los pinares de Tacoma, en el espeso
olor de acero de tus bosques,
anduve pisando tierra madre,
hojas azules, piedras de cascada,
huracanes que temblaban como toda la música,
ríos que rezaban como los monasterios,
ánades y manzanas, tierras y aguas,
infinita quietud para que el trigo nazca.

Allí pude, en mi piedra central, extender al aire
ojos, oídos, manos, hasta oír

libros, locomotoras, nieve, luchas,
fábricas, tumbas, vegetales pasos,
y de Manhattan la luna en el navío,
el canto de la máquina que hila,
la cuchara de hierro que come tierra,
la perforadora con su golpe de cóndor
y cuanto corta, oprime, corre, cose:
seres y ruedas repitiendo y naciendo.

Amo el pequeño hogar del *farmer*. Recientes madres
    duermen
armadas como el jarabe del tamarindo, las telas
recién planchadas. Arde
el fuego en mil hogares rodeados de cebollas.
(Los hombres cuando cantan cerca del río tienen
una voz ronca como las piedras del fondo:
el tabaco salió de sus anchas hojas
y como un duende del fuego llegó a estos hogares.)
Missouri adentro venid, mirad el queso y la harina,
las tablas olorosas, rojas como violines,
el hombre navegando la cebada,
el potro azul recién montado huele
el aroma del pan y de la alfalfa:
campanas, amapolas, herrerías,
y en los destartalados cinemas silvestres
el amor abre su dentadura
en el sueño nacido de la tierra.
Es tu paz lo que amamos, no tu máscara.
No es hermoso tu rostro de guerrero.
Eres hermosa y ancha, Norte América.
Vienes de humilde cuna como una lavandera,
junto a tus ríos, blanca.
Edificada en lo desconocido,
es tu paz de panal lo dulce tuyo.

Amamos tu hombre con las manos rojas
de barro de Oregón, tu niño negro
que te trajo la música nacida
en su comarca de marfil: amamos
tu ciudad, tu substancia,
tu luz, tus mecanismos, la energía
del Oeste, la pacífica
miel, de colmenar y aldea
el gigante muchacho en el tractor,
la avena que heredaste
de Jefferson, la rueda rumorosa
que mide tu terrestre oceanía,
el humo de una fábrica y el beso
número mil de una colonia nueva:
tu sangre labradora es la que amamos:
tu mano popular llena de aceite.

Bajo la noche de las praderas hace ya tiempo
reposan sobre la piel del búfalo en un grave
silencio las sílabas, el canto
de lo que fui antes de ser, de lo que fuimos.
Melville es un abeto marino, de sus ramas
nace una curva de carena, un brazo
de madera y navío. Whitman innumerable
como los cereales, Poe en su matemática
tiniebla, Dreiser, Wolfe,
frescas heridas de nuestra propia ausencia,
Lockridge reciente, atados a la profundidad,
cuántos otros, atados a la sombra:
sobre ellos la misma aurora del hemisferio arde
y de ellos está hecho lo que somos.
Poderosos infantes, capitanes ciegos,
entre acontecimientos y follajes amedrentados a
        veces,

interrumpidos por la alegría y por el duelo,
bajo las praderas cruzadas de tráfico,
cuántos muertos en las llanuras antes no visitadas:
inocentes atormentados, profetas recién impresos,
sobre la piel del búfalo de las praderas.

De Francia, de Okinawa, de los atolones
de Leyte (Norman Mailer lo ha dejado escrito),
del aire enfurecido y de las olas,
han regresado casi todos los muchachos.
Casi todos... Fue verde y amarga la historia
de barro y sudor: no oyeron
bastante el canto de los arrecifes
ni tocaron tal vez sino para morir en las islas, las
      coronas
de fulgor y fragancia:
                         sangre y estiércol
los persiguieron, la mugre y las ratas,
y un cansado y desolado corazón que luchaba.

Pero ya han vuelto,
                   los habéis recibido
en el ancho espacio de las tierras extendidas
y se han cerrado (los que han vuelto) como una
      corola
de innumerables pétalos anónimos
para renacer y olvidar.

LOS RÍOS DEL CANTO

CARTA A MIGUEL OTERO SILVA, EN CARACAS (1948)

Un viajero me trajo tu carta escrita
con palabras invisibles, sobre su traje, en sus ojos.
Qué alegre eres, Miguel, qué alegres somos!
Ya no queda en un mundo de úlceras estucadas
sino nosotros, indefinidamente alegres.
Veo pasar al cuervo y no me puede hacer daño.
Tú observas el escorpión y limpias tu guitarra.
Vivimos entre las fieras, cantando, y cuando tocamos
un hombre, la materia de alguien en quien creíamos,
y éste se desmorona como un pastel podrido,
tú en tu venezolano patrimonio recoges
lo que puede salvarse, mientras que yo defiendo
la brasa de la vida.
                    Qué alegría, Miguel!
Tú me preguntas dónde estoy? Te contaré
—dando sólo detalles *útiles* al Gobierno—
que en esta costa llena de piedras salvajes
se unen el mar y el campo, olas y pinos,
águilas y petreles, espumas y praderas.
Has visto desde muy cerca y todo el día
cómo vuelan los pájaros del mar? Parece
que llevaran las cartas del mundo a sus destinos.
Pasan los alcatraces como barcos del viento,
otras aves que vuelan como flechas y traen
los mensajes de reyes difuntos, de los príncipes
enterrados con hilos de turquesa en las costas
        andinas,
y las gaviotas hechas de blancura redonda,
que olvidan continuamente sus mensajes.

Qué azul es la vida, Miguel, cuando hemos puesto
    en ella
amor y lucha, palabras que son el pan y el vino,
palabras que ellos no pueden deshonrar todavía,
porque nosotros salimos a la calle con escopeta y
    cantos.
Están perdidos con nosotros, Miguel.
Qué pueden hacer sino matarnos y aun así
les resulta un mal negocio, sólo pueden
tratar de alquilar un piso frente a nosotros y seguirnos
para aprender a reír y a llorar como nosotros.
Cuando yo escribía versos de amor, que me brotaban
por todas partes, y me moría de tristeza,
errante, abandonado, royendo el alfabeto,
me decían: "Qué grande eres, oh Teócrito!".
Yo no soy Teócrito: tomé a la vida,
me puse frente a ella, la besé hasta vencerla,
y luego me fui por los callejones de las minas
a ver cómo vivían otros hombres.
Y cuando salí con las manos teñidas de basura y
    dolores,
las levanté mostrándolas en las cuerdas de oro,
y dije: "Yo no comparto el crimen".
Tosieron, se disgustaron mucho, me quitaron el
    saludo,
me dejaron de llamar Teócrito, y terminaron
por insultarme y mandar toda la policía a
    encarcelarme,
porque no seguía preocupado exclusivamente de
    asuntos metafísicos.
Pero yo había conquistado la alegría.
Desde entonces me levanté leyendo las cartas
que traen las aves del mar desde tan lejos,
cartas que vienen mojadas, mensajes que poco a poco

voy traduciendo con lentitud y seguridad: soy
    meticuloso
como un ingeniero en este extraño oficio.
Y salgo de repente a la ventana. Es un cuadrado
de transparencia, es pura la distancia
de hierbas y peñascos, y así voy trabajando
entre las cosas que amo: olas, piedras, avispas,
con una embriagadora felicidad marina.
Pero a nadie le gusta que estemos alegres, a ti te
    asignaron
un papel bonachón: "Pero no exagere, no se
    preocupe",
y a mí me quisieron clavar en un insectario, entre
    las lágrimas,
para que éstas me ahogaran y ellos pudieran decir
    sus discursos en mi tumba.

Yo recuerdo un día en la pampa arenosa
del salitre, había quinientos hombres
en huelga. Era la tarde abrasadora
de Tarapacá. Y cuando los rostros habían recogido
toda la arena y el desangrado sol seco del desierto,
yo vi llegar a mi corazón, como una copa que odio,
la vieja melancolía. Aquella hora de crisis,
en la desolación de los salares, en ese minuto débil de
la lucha, en que podríamos haber sido vencidos,
una niña pequeñita y pálida venida de las minas
dijo con una voz valiente en que se juntaban el
    cristal y el acero
un poema tuyo, un viejo poema tuyo que rueda
    entre los ojos arrugados
de todos los obreros y labradores de mi patria, de
    América.
Y aquel trozo de canto tuyo refulgió de repente

en mi boca como una flor purpúrea
y bajó hacia mi sangre, llenándola de nuevo
con una alegría desbordante nacida de tu canto.
Y yo pensé no sólo en ti, sino en tu Venezuela
    amarga.
Hace años, vi un estudiante que tenía en los tobillos
la señal de las cadenas que un general le había
    impuesto,
y me contó cómo los encadenados trabajaban en los
    caminos
y los calabozos donde la gente se perdía. Porque así
    ha sido nuestra América:
una llanura con ríos devorantes y constelaciones
de mariposas (en algunos sitios, las esmeraldas son
    espesas como manzanas),
pero siempre a lo largo de la noche y de los ríos
hay tobillos que sangran, antes cerca del petróleo,
hoy cerca del nitrato, en Pisagua, donde un déspota
    sucio
ha enterrado la flor de mi patria para que muera, y
    él pueda comerciar con los huesos.
Por eso cantas, por eso, para que América deshonrada
    y herida
haga temblar sus mariposas y recoja sus esmeraldas
sin la espantosa sangre del castigo, coagulada
en las manos de los verdugos y de los mercaderes.
Yo comprendí qué alegre estarías, cerca del Orinoco,
    cantando,
seguramente, o bien comprando vino para tu casa,
ocupando tu puesto en la lucha y en la alegría,
ancho de hombros, como son los poetas de este tiempo
—con trajes claros y zapatos de camino—.
Desde entonces, he ido pensando que alguna vez te
    escribiría,

y cuando el amigo llegó, todo lleno de historias tuyas
que se le desprendían de todo el traje
y que bajo los castaños de mi casa se derramaron,
me dije: "Ahora", y tampoco comencé a escribirte.
Pero hoy ha sido demasiado: pasó por mi ventana
no sólo un ave del mar, sino millares,
y recogí las cartas que nadie lee y que ellas llevan
por las orillas del mundo, hasta perderlas.
Y entonces, en cada una leía palabras tuyas
y eran como las que yo escribo y sueño y canto,
y entonces decidí enviarte esta carta, que termino aquí
para mirar por la ventana el mundo que nos pertenece.

A Rafael Alberti (Puerto de Santa María, España)

Rafael, antes de llegar a España me salió al camino
tu poesía, rosa literal, racimo biselado,
y ella hasta ahora ha sido no para mí un recuerdo
sino luz olorosa, emanación de un mundo.

A tu tierra reseca por la crueldad trajiste
el rocío que el tiempo había olvidado,
y España despertó contigo en la cintura,
otra vez coronada de aljófar matutino.

Recordarás lo que yo traía: sueños despedazados
por implacables ácidos, permanencias
en aguas desterradas, en silencios
de donde las raíces amargas emergían
como palos quemados en el bosque.
Cómo puedo olvidar, Rafael, aquel tiempo?

A tu país llegué como quien cae
a una luna de piedra, hallando en todas partes
águilas del erial, secas espinas,
pero tu voz allí, marinero, esperaba
para darme la bienvenida y la fragancia
de alhelí, la miel de los frutos marinos.

Y tu poesía estaba en la mesa, desnuda.

Los pinares del Sur, las razas de la uva
dieron a tu diamante cortado sus resinas,
y al tocar tan hermosa claridad, mucha sombra
de la que traje al mundo, se deshizo.

Arquitectura hecha en la luz, como los pétalos,
a través de tus versos de embriagador aroma,
yo vi el agua de antaño, la nieve hereditaria,
y a ti más que a ninguno debo España.
Con tus dedos toqué panal y páramo,
conocí las orillas gastadas por el pueblo
como por un océano, y las gradas
en que la poesía fue estrellando
toda su vestidura de zafiros.

Tú sabes que no enseña sino el hermano. Y en esa
hora no sólo aquello me enseñaste,
no sólo la apagada pompa de nuestra estirpe,
sino la rectitud de tu destino,
y cuando una vez más llegó la sangre a España
defendí el patrimonio del pueblo que era mío.

Ya sabes tú, ya sabe todo el mundo estas cosas.
Yo quiero solamente estar contigo,
y hoy que te falta la mitad de la vida,
tu tierra, a la que tienes más derecho que un árbol,
hoy que de las desdichas de la patria no sólo
el luto del que amamos, sino tu ausencia cubren
la herencia del olivo que devoran los lobos,
te quiero dar, ay!, si pudiera, hermano grande,
la estrellada alegría que tú me diste entonces.

Entre nosotros dos la poesía
se toca como piel celeste,
y contigo me gusta recoger un racimo,
este pámpano, aquella raíz de las tinieblas.

La envidia que abre puertas en los seres
no pudo abrir tu puerta ni la mía. Es hermoso

como cuando la cólera del viento
desencadena su vestido afuera
y están el pan, el vino y el fuego con nosotros
dejar que aúlle el vendedor de furia,
dejar que silbe el que pasó entre tus pies,
y levantar la copa llena de ámbar
con todo el rito de la transparencia.

Alguien quiere olvidar que tú eres el primero?
Déjalo que navegue y encontrará tu rostro.
Alguien quiere enterrarnos precipitadamente?
Está bien, pero tiene la obligación del vuelo.

Vendrán, pero quién puede sacudir la cosecha
que con la mano del otoño fue elevada
hasta teñir el mundo con el temblor del vino?

Dame esa copa, hermano, y escucha: estoy rodeado
de mi América húmeda y torrencial, a veces
pierdo el silencio, pierdo la corola nocturna,
y me rodea el odio, tal vez nada, el vacío
de un vacío, el crepúsculo
de un perro, de una rana,
y entonces siento que tanta tierra mía nos separe,
y quiero irme a tu casa en que, yo sé, me esperas,
sólo para ser buenos como sólo nosotros
podemos serlo. No debemos nada.

Y a ti sí que te deben, y es una patria: espera.

Volverás, volveremos. Quiero contigo un día
en tus riberas ir embriagados de oro
hacia tus puertos, puertos del Sur que entonces no
     alcancé.

Me mostrarás el mar donde sardinas
y aceitunas disputan las arenas,
y aquellos campos con los toros de ojos verdes
que Villalón (amigo que tampoco
me vino a ver, porque estaba enterrado)
tenía, y los toneles del jerez, catedrales
en cuyos corazones gongorinos
arde el topacio con pálido fuego.

Iremos, Rafael, adonde yace
aquel que con sus manos y las tuyas
la cintura de España sostenía.
El muerto que no pudo morir, aquel a quien tú guardas,
porque sólo tu existencia lo defiende.

Allí está Federico, pero hay muchos que, hundidos,
        enterrados,
entre las cordilleras españolas, caídos
injustamente, derramados
perdido cereal en las montañas,
son nuestros, y nosotros estamos en su arcilla.

Tú vives porque siempre fuiste un dios milagroso.
A nadie más que a ti te buscaron, querían
devorarte los lobos, romper tu poderío.
Cada uno quería ser gusano en tu muerte.

Pues bien, se equivocaron. Es tal vez la estructura
de tu canción, intacta transparencia,
armada decisión de tu dulzura,
dureza, fortaleza delicada,
la que salvó tu amor para la tierra.

Yo iré contigo para probar el agua
del Genil, del dominio que me diste,
a mirar en la plata que navega
las efigies dormidas que fundaron
las sílabas azules de tu canto.

Entraremos también en las herrerías: ahora
el metal de los pueblos allí espera
nacer en los cuchillos: pasaremos cantando
junto a las redes rojas que mueve el firmamento.
Cuchillos, redes, cantos borrarán los dolores.
Tu pueblo llevará con las manos quemadas
por la pólvora, como laurel de las praderas,
lo que tu amor fue desgranando en la desdicha.

Sí, de nuestros destierros nace la flor, la forma
de la patria que el pueblo reconquista con truenos,
y no es un día solo el que elabora
la miel perdida, la verdad del sueño,
sino cada raíz que se hace canto
hasta poblar el mundo con sus hojas.
Tú estás allí, no hay nada que no mueva
la luna diamantina que dejaste:

la soledad, el viento en los rincones,
todo toca tu puro territorio,
y los últimos muertos, los que caen
en la prisión, leones fusilados,
y los de las guerrillas, capitanes
del corazón, están humedeciendo
tu propia investidura cristalina,
tu propio corazón con sus raíces.

Ha pasado el tiempo desde aquellos días en que
    compartimos
dolores que dejaron una herida radiante,
el caballo de la guerra que con sus herraduras
atropelló la aldea destrozando los vidrios.
Todo aquello nació bajo la pólvora,
todo aquello te aguarda para elevar la espiga,
y en ese nacimiento te envolverán de nuevo
el humo y la ternura de aquellos duros días.

Ancha es la piel de España y en ella tu acicate
vive como una espada de ilustre empuñadura,
y no hay olvido, no hay invierno que te borre,
hermano fulgurante, de los labios del pueblo.
Así te hablo, olvidando tal vez una palabra,
contestando al fin cartas que no recuerdas
y que cuando los climas del Este me cubrieron
como aroma escarlata, llegaron
hasta mi soledad.
             Que tu frente dorada
encuentre en esta carta un día de otro tiempo,
y otro tiempo de un día que vendrá.
                    Me despido
hoy, 1948, dieciséis de diciembre,
en algún punto de América en que canto.

A González Carbalho (En Río de la Plata)

Cuando la noche devoró los sonidos humanos, y
      desplomó
su sombra línea a línea,
oímos, en el silencio acrecentado, más allá de los seres,
el rumor de río de González Carbalho,
su agua profunda y permanente, su transcurso que
      parece
inmóvil como el crecimiento del árbol o del tiempo.

Este gran poeta fluvial acompaña el silencio del
      mundo,
con sonora austeridad, y el que quiera en medio
de los tráfagos oírlo, que ponga (como lo hace en los
bosques o en los llanos, el explorador extraviado) su
      oído
sobre la tierra: y aun en medio de la calle, oirá subir
entre los pasos del estruendo, esta poesía: las voces
profundas de la tierra y del agua.

Entonces, bajo la ciudad y su atropello, bajo las
      lámparas
de falda escarlata, como el trigo que nace,
      irrumpiendo en
toda latitud, este río que canta.

Sobre su cauce, asustadas aves de
crepúsculo, gargantas de arrebol que dividen el espacio,
hojas purpúreas que descienden.

Todos los hombres que se atrevan a mirar la soledad:
los que toquen la cuerda abandonada, todos los
inmensamente puros, y aquellos que desde la nave
    escucharon
sal, soledad y noche reunirse,
oirán el coro de González Carbalho surgir alto y
    cristalino
desde su primavera nocturna.
Recordáis otro? Príncipe de Aquitania: a su torre
abolida,
substituyó en la hora inicial, el rincón de las lágrimas
que el hombre milenario trasvasó copa a copa.
Y que lo sepa aquel que no miró los rostros, el
    vencedor o
el vencido:
preocupados del viento de zafiro o de la copa amarga:
más allá de la calle y la calle, más allá de una hora,
tocad esas tinieblas, y continuemos juntos.

Entonces, en el mapa desordenado de las pequeñas
    vidas
con tinta azul: el río de las aguas que cantan,
hecho de la esperanza, del padecer perdido,
del agua sin angustia que sube a la victoria.

Mi hermano hizo este río:
de su alto y subterráneo canto se construyeron
estos graves sonidos mojados de silencio.
Mi hermano es este río que rodea las cosas.

Donde estéis, en la noche, de día, de camino,
sobre los desvelados trenes de las praderas,
o junto a la empapada rosa del alba fría,
o más bien

en medio de los trajes, tocando
el torbellino,
caed en tierra, que vuestro rostro reciba
este gran latido de agua secreta que circula.

Hermano, eres el río más largo de la tierra:
detrás del orbe suena tu voz grave de río,
y yo mojo las manos en tu pecho
fiel a un tesoro nunca interrumpido,
fiel a la transparencia de la lágrima augusta,
fiel a la eternidad agredida del hombre.

A MIGUEL HERNÁNDEZ,
ASESINADO EN LOS PRESIDIOS DE ESPAÑA

Llegaste a mí directamente del Levante. Me traías,
pastor de cabras, tu inocencia arrugada,
la escolástica de viejas páginas, un olor
a Fray Luis, a azahares, al estiércol quemado
sobre los montes, y en tu máscara
la aspereza cereal de la avena segada
y una miel que medía la tierra con tus ojos.

También el ruiseñor en tu boca traías.
Un ruiseñor manchado de naranjas, un hilo
de incorruptible canto, de fuerza deshojada.
Ay, muchacho, en la luz sobrevino la pólvora
y tú, con ruiseñor y con fusil, andando
bajo la luna y bajo el sol de la batalla.

Ya sabes, hijo mío, cuánto no pude hacer, ya sabes
que para mí, de toda la poesía, tú eras el fuego azul.
Hoy sobre la tierra pongo mi rostro y te escucho,
te escucho, sangre, música, panal agonizante.

No he visto deslumbradora raza como la tuya,
ni raíces tan duras, ni manos de soldado,
ni he visto nada vivo como tu corazón
quemándose en la púrpura de mi propia bandera.

Joven eterno, vives, comunero de antaño,
inundado por gérmenes de trigo y primavera,
arrugado y oscuro como el metal innato,
esperando el minuto que eleve tu armadura.

No estoy solo desde que has muerto. Estoy con los
    que te buscan.
Estoy con los que un día llegarán a vengarte.
Tú reconocerás mis pasos entre aquellos
que se despeñarán sobre el pecho de España
aplastando a Caín para que nos devuelva
los rostros enterrados.

Que sepan los que te mataron que pagarán con sangre.
Que sepan los que te dieron tormento que me verán
    un día.
Que sepan los malditos que hoy incluyen tu nombre
en sus libros, los Dámasos, los Gerrados, los hijos
de perra, silenciosos cómplices del verdugo,
que no será borrado tu martirio, y tu muerte
caerá sobre toda su luna de cobardes.
Y a los que te negaron en su laurel podrido,
en tierra americana, el espacio que cubres
con tu fluvial corona de rayo desangrado,
déjame darles yo el desdeñoso olvido
porque a mí me quisieron mutilar con tu ausencia.

    Miguel, lejos de la prisión de Osuna, lejos
    de la crueldad, Mao-Tse-Tung dirige
    tu poesía despedazada en el combate
    hacia nuestra victoria.
                 Y Praga rumorosa
construyendo la dulce colmena que cantaste,
Hungría verde limpia sus graneros

y baila junto al río que despertó del sueño.
Y de Varsovia sube la sirena desnuda
que edifica mostrando su cristalina espada.

Y más allá la tierra se agiganta,
                                        la tierra
que visitó tu canto, y el acero
que defendió tu patria están seguros,
acrecentados sobre la firmeza
de Stalin y sus hijos.
                                        Ya se acerca
la luz a tu morada.
                            Miguel de España, estrella
de tierras arrasadas, no te olvido, hijo mío,
no te olvido, hijo mío!
                                        Pero aprendí la vida
con tu muerte: mis ojos se velaron apenas,
y encontré en mí no el llanto
sino las armas
inexorables!
                            Espéralas! Espérame!

III

Las uvas y el viento

[1954]

EHRENBURG

Cuántos perros hirsutos,
hociquillos de punta brillante,
colas detrás de un mueble,
y de pronto más pelos,
mechones grises, ojos
más viejos que el mundo,
y una mano
sobre el papel,
implantando la paz,
derribando mitos,
volcando fuego y silbando,
o hablando de simple amor
con la ternura
de un pobre panadero.
Es Ehrenburg.
Es su casa
en Moscú.
Ay cuántas veces,
encerrado en su casa,
pensé que no tenía paredes.
Allí entre cuatro muros
el río de la vida,
el río humano
entra y sale dejando
vidas, hechos, combates,
y el antiguo Ehrenburg,
el joven Ilya,
con ese río de tierras y vidas
recoge aquí y allá

fragmentos, chispas,
olas, besos, sombreros,
y elabora
como un brujo.
Todo lo echa en su horno,
de día y de noche.
De allí salen metales,
salen espadas rojas,
grandes panes de fuego,
salen olas de ira,
banderas,
armas para dos siglos,
hierro para millones,
y él muy tranquilo,
hirsuto,
con sus mechones grises,
fumando y lleno
de ceniza.

De cuando en cuando
sale del horno
y cuando crees
que te va a fulminar,
lo ves andando,
sonriente,
con los más arrugados pantalones del mundo:
va a plantar un jazmín
en su casa de campo:
abre el hueco
mete las manos,
como si fueran de seda
trata las raíces,
las entierra,
las riega,

y entonces con pasitos cortos,
con ceniza, con barro, con hojas,
con jazmín, con historia,
con todas las cosas del mundo
sobre los hombros,
se aleja fumando.

Si quieres saber algo de jazmines,
escríbele una carta.

EL PASTOR PERDIDO

Se llamaba Miguel. Era un pequeño
pastor de las orillas
de Orihuela.
Lo amé y puse en su pecho
mi masculina mano,
y creció su estatura poderosa
hasta que en la aspereza
de la tierra española
se destacó su canto
como una brusca encina
en la que se juntaron
todos los enterrados ruiseñores,
todas las aves del sonoro cielo,
el esplendor del hombre duplicado
en el amor de la mujer amada,
el zumbido oloroso
de las rubias colmenas,
el agrio olor materno
de las cabras paridas,
el telégrafo puro
de las cigarras rojas.
Miguel hizo de todo
—territorio y abeja,
novia, viento y soldado—
barro para su estirpe vencedora
de poeta del pueblo,
y así salió caminando
sobre las espinas de España
con una voz que ahora

sus verdugos
tienen que oír, escuchan,
aquellos que conservan las manos
manchadas
con su sangre indeleble,
oyen su canto
y creen
que es sólo tierra
y agua.
No es cierto.
Es sangre,
sangre,
sangre de España, sangre
de todos los pueblos de España,
es su sangre que canta
y nombra
y llama,
nombra todas las cosas
porque él todo lo amaba,
pero esa voz no olvida,
esa sangre no olvida
de dónde viene
y para quiénes canta.
Canta
para que se abran las cárceles
y ande la libertad por los caminos.
A mí me llama
para mostrarme todos los lugares
por donde lo arrastraron,
a él, luz de los pueblos,
relámpago de idiomas,
para mostrarme
el presidio de Ocaña,
en donde gota a gota

lo sangraron,
en donde cercenaron
su garganta,
en donde lo mataron siete años
encarnizándose
en su canto
porque cuando mataron esos labios
se apagaron las lámparas de España.

Y así me llama y me dice:
"Aquí me ajusticiaron lentamente".
Así el que amó y llevaba
bajo su pobre ropa
todos los manantiales españoles
fue asesinado bajo
la sombra de los muros
mientras tocaban todas las campanas
en honor del verdugo,
pero
los azahares
dieron olor al mundo aquellos días
y aquel aroma era
el corazón martirizado
del pastor de Orihuela
y era Miguel su nombre.

Aquellos días y años
mientras agonizaba,
en la historia
se sepultó la luz,
pero allí palpitaba
y volverá mañana.
Aquellos días y siglos
en que a Miguel Hernández

los carceleros
dieron tormento y agonía,
la tierra echó de menos
sus pasos de pastor sobre los montes
y el guerrillero muerto,
al caer, victorioso,
escuchó de la tierra
levantarse un rumor, un latido,
como si se entreabrieran las estrellas
de un jazmín silencioso:
era la poesía de Miguel.
Desde la tierra hablaba,
desde la tierra
hablará para siempre,
es la voz de su pueblo,
él fue entre los soldados
como una torre ardiente.

Él era
fortaleza
de cantos y estampidos,
fue como un panadero:
con sus manos hacía
sus sonetos.
Toda su poesía
tiene tierra porosa,
cereales, arena,
barro y viento,
tiene forma
de jarra levantina,
de cadera colmada,
de barriga de abeja,
tiene olor
a trébol en la lluvia,

a ceniza amaranto,
a humo de estiércol, tarde
en las colinas.
Su poesía
es maíz agrupado
en un racimo de oro,
es viña de uvas negras, es botella
de cristal deslumbrante
llena de vino y agua, noche y día,
es espiga escarlata,
estrella anunciadora,
hoz y martillo escritos con diamantes
en la sombra de España.

Miguel Hernández, toda
la anaranjada greda o levadura
de tu tierra y tu pueblo
revivirá contigo.
Tú la guardaste
con la mano más torpe, en la agonía,
porque tú estabas hecho
para el amanecer y la victoria,
estabas hecho de agua y tierra virgen,
de estupor insaciable,
de plantas y de nidos.
Eras
la germinación invencible
de la materia que canta,
eras
patria de la entereza y dispusiste
contra los enemigos,
el moro y el franquista,
una mano pesada
llena de enredaderas y metales.

Con tu espada en los brazos, invisible,
morías,
pero no estabas solo.
No sólo la hierba quemada
en las pobres colinas de Orihuela
esparcieron tu voz y tu perfume
por el mundo.
Tu pueblo parecía
mudo,
no miraba
tu muerte,
no oía
las misas del desprecio
pero, anda,
anda y pregunta,
anda y ve si hay alguno
que no sepa tu nombre.

Todos sabían,
en las cárceles,
mientras los carceleros
cenaban con Cossío,
tu nombre.
Era un fulgor mojado
por las lágrimas
tu voz de miel salvaje.
Tu revolucionaria
poesía
era, en silencio, en celdas,
de una cárcel a otra,
repetida,
atesorada,
y ahora
despunta el germen,

sale tu grano a la luz,
tu cereal violento
acusa,
en cada calle,
tu voz toma el camino
de las insurrecciones.

Nadie, Miguel, te ha olvidado.
Aquí te llevamos todos
en mitad del pecho.

Hijo mío, recuerdas
cuando
te recibí y te puse
mi amistad de piedra en las manos?
Y bien, ahora,
muerto,
todo me lo devuelves.
Has crecido y crecido,
eres,
eres eterno,
eres España,
eres tu pueblo,
ya no pueden matarte.
Ya has levantado
tu pecho de granero,
tu cabeza
llena de rayos rojos,
ya no te detuvieron.
Ahora
quieren hincarse
como frailes tardíos
en tu recuerdo,
quieren regar con baba

tu rostro, guerrillero comunista.
No pueden.
No los dejaremos.
Ahora
quédate puro,
quédate silencioso,
permanece sonoro,
deja
que recen,
deja
que caiga el hilo negro
de sus catafalcos podridos
y bocas medievales.
No saben otra cosa.
Ya llegará
tu viento,
el viento del pueblo,
el rostro de Dolores,
el paso victorioso
de nuestra nunca muerta
España,
y entonces,
arcángel de las cabras,
pastor caído,
gigantesco poeta de tu pueblo,
hijo mío,
verás
que tu rostro arrugado
estará en las banderas,
vivirá en la victoria,
revivirá cuando reviva el pueblo,
marchará con nosotros sin que nadie
pueda apartarte más del regazo de España.

El ángel de la poesía

Unión Soviética, floreces
con otras flores que en la tierra
no tienen nombre todavía.

Tu firmeza es la flor del árbol del acero.

Es tu fraternidad la flor del pan fragante.
Es tu invierno una flor en que la nieve
ilumina el amor sin amenaza.
Yo recorrí la tierra donde Pushkin volvía
a elevar en su canto la luz de los cristales,
y vi cómo su pueblo levantaba
esta constelación sobre las manos
acostumbradas a elevar el trigo.

Pushkin, tú fuiste el ángel
del Comité Central.

Contigo visité ruinas sagradas
en donde los soldados de tu pueblo
defendieron las sílabas de tu alma.

Contigo vi crecer de los escombros
el gigantesco vuelo de la vida,
las ruedas del tractor hacia el otoño,
nuevas ciudades llenas de sonidos,
aviones amarillos como abejas.

Y cuando entré al museo o a la casa,
a la fábrica, al río que te sigue cantando,
o cuando en la ciudad de Lenin vi borradas
las cicatrices del martirio augusto,
oh camarada transparente, estabas
junto a mi corazón dándome toda
la orgullosa estatura de tu patria.

Allí, en fin, un ángel no llevaba más arma
que un ramo cristalino de relámpagos
y él y toda su tierra defendían
las sílabas errantes de mi canto.

Allí por fin la paz me resguardaba.

Y Pushkin me decía: "Ven conmigo
hasta Novosibirsk, allá en las tierras
desérticas, pobladas
antes por soledad y por dolores,
hoy la bandera de mi voz pasea
sobre las construcciones orgullosas"

Ángel, querías que toda tu tierra
visitara, tocando las espigas,
enumerando fábricas y escuelas,
conversando con niños y soldados.

VINO LA MUERTE DE PAUL

En estos días recibí la muerte
de Paul Éluard.
Ahí, el pequeño sobre
del telegrama.
Cerré los ojos, era
su muerte, algunas letras,
y un gran vacío blanco.

Así es la muerte. Así
vino a través del aire
la flecha de su muerte
a traspasar mis dedos
y herirme como espina
de una rosa terrible.

Héroe o pan, no recuerdo
si su loca dulzura
fue la del coronado vencedor
o fue sólo la miel que se reparte.
Yo recuerdo
sus ojos,
gotas de aquel océano celeste,
flores de azul cerezo,
antigua primavera.

Cuántas cosas
caminan por la tierra y por el tiempo,
hasta formar un hombre.

Lluvia,
pájaros litorales cuyo grito
ronco resuena en la espuma,
torres,
jardines y batallas.

Eso
era Éluard: un hombre
hacia el que habían venido
caminando
rayas de lluvia, verticales hilos
de intemperie,
y espejo de agua clásica
en que se reflejaba y florecía
la torre de la paz y la hermosura.

Aquí viene Nazim Hikmet

Nazim, de las prisiones
recién salido,
me regaló su camisa bordada
con hilos de oro rojo
como su poesía.

Hilos de sangre turca
son sus versos,
fábulas verdaderas
con antigua inflexión, curvas o rectas,
como alfanjes o espadas,
sus clandestinos versos
hechos para enfrentarse
con todo el mediodía de la luz,
hoy son como las armas escondidas,
brillan bajo los pisos,
esperan en los pozos,
bajo la oscuridad impenetrable
de los ojos oscuros
de su pueblo.
De sus prisiones vino
a ser mi hermano
y recorrimos juntos
las nieves esteparias
y la noche encendida
con nuestras propias lámparas.

Aquí está su retrato
para que no se olvide su figura:

Es alto
como una torre
levantada en la paz de las praderas
y arriba
dos ventanas:
sus ojos
con la luz de Turquía.

Errantes
encontramos
la tierra firme bajo nuestros pies,
la tierra conquistada
por héroes y poetas,
las calles de Moscú, la luna llena
floreciendo en los muros,
las muchachas
que amamos,
el amor que adoramos,
la alegría,
nuestra única secta,
la esperanza total que compartimos,
y más que todo
una lucha
de pueblos
donde son una gota y otra gota,
gotas del mar humano,
sus versos y mis versos.

Pero
detrás de la alegría de Nazim
hay hechos,
hechos como maderos
o como fundaciones de edificios.

Años
de silencio y presidio.
Años
que no lograron
morder, comer, tragarse
su heroica juventud.

Me contaba
que por más de diez años
le dejaron
la luz de la bombilla eléctrica
toda la noche y hoy
olvida cada noche,
deja en la libertad
aún la luz encendida.
Su alegría
tiene raíces negras
hundidas en su patria
como flor de pantanos.
Por eso
cuando ríe,
cuando ríe Nazim,
Nazim Hikmet,
no es como cuando ríes:
es más blanca su risa,
en él ríe la luna,
la estrella,
el vino,
la tierra que no muere,
todo el arroz saluda con su risa,
todo su pueblo canta por su boca.

IV

Odas elementales

[1954]

ODA A ÁNGEL CRUCHAGA

Ángel, recuerdo
en mi infancia
austral y sacudida
por la lluvia y el viento,
de pronto,
tus alas,
el vuelo
de tu centelleante poesía,
la túnica
estrellada
que llenaba la noche, los caminos,
con un fulgor fosfórico,
eras
un palpitante río
lleno de peces,
eras
la cola plateada
de una sirena verde
que atravesaba el cielo
de Oeste
a Este,
la forma de la luz
se reunía
en tus alas, y el viento
dejaba caer lluvia y hojas negras
sobre tu vestidura.
Así era
allá lejos,
en mi infancia,

pero tu poesía,
no sólo
paso de muchas alas,
no sólo
piedra errante,
meteoro
vestido de amaranto y azucena,
ha sido y sigue siendo,
sino planta florida,
monumento
de la ternura humana,
azahar
con raíces
en el hombre.
Por eso,
Ángel,
te canto,
te he cantado
como canté todas las cosas puras,
metales,
aguas,
viento!
Todo lo que es lección para las vidas,
crecimiento
de dureza o dulzura,
como es tu poesía, el infinito
pan impregnado en llanto
de tu pasión, las nobles
maderas olorosas
que tus divinas manos elaboran.
Ángel,
tú, propietario
de los más extendidos jazmineros,
permite que tu hermano

menor deje en tu pecho
esta rama con lluvias
y raíces.
Yo la dejo en tu libro
para que así se impregne
de paz, de transparencia y de hermosura,
viviendo en la corola
de tu naturaleza diamantina.

ODA A CÉSAR VALLEJO

A la piedra en tu rostro,
Vallejo,
a las arrugas
de las áridas sierras
yo recuerdo en mi canto,
tu frente
gigantesca
sobre tu cuerpo frágil,
el crepúsculo negro
en tus ojos
recién desenterrados,
días aquellos,
bruscos,
desiguales,
cada hora tenía
ácidos diferentes
o ternuras
remotas,
las llaves
de la vida
temblaban
en la luz polvorienta
de la calle,
tú volvías
de un viaje
lento, bajo la tierra,
y en la altura
de las cicatrizadas cordilleras
yo golpeaba las puertas,

que se abrieran
los muros,
que se desenrollaran
los caminos,
recién llegado de Valparaíso
me embarcaba en Marsella,
la tierra
se cortaba
como un limón fragante
en frescos hemisferios amarillos,
tú
te quedabas
allí, sujeto
a nada,
con tu vida
y tu muerte,
con tu arena
cayendo,
midiéndote
y vaciándote,
en el aire,
en el humo,
en las callejas rotas
del invierno.

Era en París, vivías
en los descalabrados
hoteles de los pobres.
España
se desangraba.
Acudíamos.
Y luego
te quedaste
otra vez en el humo

y así cuando
ya no fuiste, de pronto,
no fue la tierra
de las cicatrices,
no fue
la piedra andina
la que tuvo tus huesos,
sino el humo,
la escarcha
de París en invierno.

Dos veces desterrado,
hermano mío,
de la tierra y el aire,
de la vida y la muerte,
desterrado
del Perú, de tus ríos,
ausente
de tu arcilla.
No me faltaste en vida,
sino en muerte.
Te busco
gota a gota,
polvo a polvo,
en tu tierra,
amarillo
es tu rostro,
escarpado
es tu rostro,
estás lleno
de viejas pedrerías,
de vasijas
quebradas,
subo

las antiguas
escalinatas,
tal vez
estés perdido,
enredado
entre los hilos de oro,
cubierto
de turquesas,
silencioso,
o tal vez
en tu pueblo,
en tu raza,
grano
de maíz extendido,
semilla
de bandera.
Tal vez, tal vez ahora
transmigres
y regreses,
vienes
al fin
de viaje,
de manera
que un día
te verás en el centro
de tu patria,
insurrecto,
viviente,
cristal de tu cristal, fuego en tu fuego,
rayo de piedra púrpura.

V

Nuevas odas elementales

[1956]

ODA A DON JORGE MANRIQUE

Adelante, le dije,
y entró el buen caballero
de la muerte.

Era de plata verde
su armadura
y sus ojos
eran
como el agua marina.
Sus manos y su rostro
eran de trigo.

Habla, le dije, caballero
Jorge,
no puedo
oponer sino el aire
a tus estrofas.
De hierro y sombra fueron,
de diamantes
oscuros
y cortadas
quedaron
en el frío
de las torres
de España,
en la piedra, en el agua,
en el idioma.

Entonces, él me dijo:
"Es la hora
de la vida.
Ay
si pudiera
morder una manzana,
tocar la polvorosa
suavidad de la harina.
Ay si de nuevo
el canto ...
No a la muerte
daría
mi palabra ...
Creo
que el tiempo oscuro
nos cegó
el corazón
y sus raíces
bajaron y bajaron
a las tumbas,
comieron
con la muerte.
Sentencia y oración fueron las rosas
de aquellas enterradas
primaveras
y, solitario trovador,
anduve
callado en las moradas
transitorias:
todos los pasos iban
a una solemne
eternidad
vacía.
Ahora

me parece
que no está solo el hombre.
En sus manos
ha elaborado
como si fuera un duro
pan, la esperanza.
la terrestre
esperanza".

Miré y el caballero
de piedra
era de aire.

Ya no estaba en la silla.

Por la abierta ventana
se extendían las tierras,
los países,
la lucha, el trigo,
el viento.

Gracias, dije. Don Jorge, caballero.

Y volví a mi deber de pueblo y canto

ODA A JEAN ARTHUR RIMBAUD

Ahora,
en este octubre
cumplirías
cien años,
desgarrador amigo.
Me permites
hablarte?
Estoy solo,
en mi ventana
el Pacífico rompe
su eterno trueno oscuro.

Es de noche.

La leña que arde arroja
sobre el óvalo
de tu antiguo retrato
un rayo fugitivo.
Eres un niño
de mechones torcidos,
ojos semi cerrados,
boca amarga.
Perdóname
que te hable
como soy, como creo
que serías ahora,
te hable de agua marina
y de leña que arde,
de simples cosas y sencillos seres.

Te torturaron
y quemaron tu alma,
te encerraron
en los muros de Europa
y golpeabas
frenético
las puertas.
Y cuando
ya pudiste
partir
ibas herido,
herido y mudo,
muerto.

Muy bien, otros poetas
dejaron
un cuervo, un cisne,
un sauce,
un pétalo en la lira,
tú dejaste un fantasma
desgarrado
que maldice
y escupe
y andas
aún
sin rumbo,
sin domicilio fijo,
sin número,
por las calles de Europa,
regresando a Marsella,
con arena africana
en los zapatos,
urgente
como un escalofrío,

sediento,
ensangrentado,
con los bolsillos rotos,
desafiante,
perdido,
desdichado.

No es verdad
que te robaste el fuego,
que corrías
con la furia celeste
y con la pedrería
ultravioleta
del infierno,
no es así,
no lo creo,
te negaban
la sencillez, la casa,
la madera.
te rechazaban,
te cerraban puertas,
y volabas entonces,
arcángel iracundo,
a las moradas
de la lejanía,
y moneda a moneda
sudando y desangrando
tu estatura
querías
acumular el oro
necesario
para la sencillez, para la llave
para la quieta esposa,
para el hijo,

para la silla tuya,
el pan y la cerveza.

En tu tiempo
sobre las telarañas
ancho
como un paraguas
se cerraba el crepúsculo
y el gas parpadeaba
soñoliento.
Por la Commune pasaste,
niño rojo,
y dio tu poesía
llamaradas
que aún suben castigando
las paredes
de los fusilamientos.
Con ojos
de puñal
taladraste
la sombra
carcomida
la guerra, la errabunda
cruz de Europa.
Por eso hoy, a cien años
de distancia,
te invito
a la sencilla
verdad que no alcanzó
tu frente huracanada,
a América te invito,
a nuestros ríos,
al vapor de la luna
sobre las cordilleras,
a la emancipación

de los obreros,
a la extendida patria
de los pueblos,
al Volga
electrizado,
de los racimos y de las espigas,
a cuanto el hombre
conquistó sin misterio,
con la fuerza
y la sangre,
con una mano y otra,
con millones
de manos.

A ti te enloquecieron,
Rimbaud, te condenaron
y te precipitaron
al infierno.
Desertaste la causa
del germen, descubridor
del fuego, sepultaste
la llama
y en la desierta soledad
cumpliste
tu condena.
Hoy es más simple, somos
países, somos
pueblos,
los que garantizamos
el crecimiento de la poesía,
el reparto del pan, el patrimonio
del olvidado. Ahora
no estarías
solitario.

ODA A JUAN TARREA

Sí, conoce la América,
Tarrea.
La conoce.
En el desamparado
Perú, saqueó las tumbas.
Al pequeño serrano,
al indio andino,
el protector Tarrea
dio la mano
pero la retiró con sus anillos.
Arrasó las turquesas.
A Bilbao se fue con las vasijas.
Después
se colgó de Vallejo,
le ayudó a bien morir
y luego puso
un pequeño almacén
de prólogos y epílogos.

Ahora
ha hablado con Pineda.
Es importante.
Algo andará vendiendo.
Ha "descubierto"
el Nuevo Mundo.
Descubramos nosotros
a estos descubridores!
A Pineda, muchacho
de quien leí

en su libro
verdades
y velorios,
ríos ferruginosos,
gente clara,
panes y panaderos,
caminos con caballos,
a nuestro americano
Pineda,
o a otro
desde España con boina
de sotacura y uñas
de prestamista,
Tarrea
llega
a enseñar
lo que es él, lo que soy
y lo que somos.

No sabe nada
pero
nos enseña.

"Asi es América.
Éste es Rubén Darío",
dice
poniendo sobre el mapa
la larga uña de Euskadi.
Y escribe el pobrecillo
largamente.
Nadie puede leer
lo que repite,
pero incansable
sube

a las revistas,
se descuelga
entre los capitolios,
resbala
desde las academias,
en todas partes
sale con su discurso,
con su berenjenal
de vaguedades,
con su oscilante
nube
de tontas teorías,
su baratillo viejo
de saldos metafísicos,
de seudo magia
negra
y de mesiánica
quincallería.

Es lo que ahora llevan
por nuestras inocentes
poblaciones,
suplementos,
revistas,
los últimos
o penúltimos
filibusteros,
y al pobre americano
le muestran
una inservible y necia
baratija
con
sueños
de gusano

o mentiras
de falso Apocalipsis.
Y se llevan
el oro
de Pineda,
el vapor
verde
de nuestros ríos,
la piel
pura,
la sal
de nuestras soledades espaciosas.

Tarrea,
ándate pronto.
No me toques. No toques
a Darío, no vendas
a Vallejo, no rasques
la rodilla
de Neruda.
Al español, a la española amamos,
a la sencilla gente
que trabaja y discurre,
al hijo luminoso
de la guerra
terrible,
al capitán valiente
y al labrador
sincero
deseamos. Si quieren
roturar tierra o presidir los ríos,
vengan,
sí, vengan ellos,
pero

tú,
Tarrea, vuelve
a tu cambalache
de Bilbao,
a la huesa
del monasterio pútrido,
golpea
la puerta del Caudillo,
eres su emanación,
su nimbo negro,
su viudedad vacía.
Vuelve
a tus enterrados, al osario
con ociosos lagartos,
nosotros
simples
picapedreros, pobres
comedores de manzanas,
constructores
de una casa sencilla,
no queremos
ser descubiertos,
no,
no deseamos
la cháchara perdida
del tonto de ultramar.
Vuélvete ahora
a tu epitafio
atlántico, a la ría
mercatil, marinera,
allí sal con tu cesta
de monólogos
y grita por las calles
a ver si alguien se apiada

y consume
tu melancólica mercadería.

Yo no puedo.

No acepto baratijas

No puedo
preocuparme de ti, pobre Tarrea.

Tengo deberes de hombre.

Y tengo canto
para tanto tiempo
que te aconsejo
ahorres
uña y lengua.

Dura
fue mi madre,
la cordillera andina,
caudaloso
fue el trueno del océano
sobre mi nacimiento,
vivo en mi territorio,
me desangro
en la luz de mi batalla,
hago los muros
de mi propia casa,
contribuyo
a la piedra con mi canto,
y no te necesito
vendedor
de muertos, capellán

de fantasmas,
pálido sacristán
espiritista,
chalán de mulas muertas,
yo no te doy
vasija
contra baratija:
yo, para tu desgracia,
he andado, he visto,
canto.

ODA A WALT WHITMAN

Yo no recuerdo
a qué edad,
ni dónde,
si en el gran Sur mojado
o en la costa
temible, bajo el breve
grito de las gaviotas,
toqué una mano y era
la mano de Walt Whitman:
pisé la tierra
con los pies desnudos,
anduve sobre el pasto,
sobre el firme rocío
de Walt Whitman.

Durante
mi juventud
toda
me acompañó esa mano,
ese rocío,
su firmeza de pino patriarca, su extensión de pradera,
y su misión de paz circulatoria.

Sin
desdeñar
los dones
de la tierra,
la copiosa
curva del capitel,

ni la inicial
purpúrea
de la sabiduría,
tú
me enseñaste
a ser americano,
levantaste
mis ojos
a los libros,
hacia
el tesoro
de los cereales:
ancho,
en la claridad
de las llanuras,
me hiciste ver
el alto
monte
tutelar. Del eco
subterráneo,
para mí
recogiste
todo,
todo lo que nacía,
cosechaste
galopando en la alfalfa,
cortando para mí las amapolas,
visitando
los ríos,
acudiendo en la tarde
a las cocinas.

Pero no sólo
tierra

sacó a la luz
tu pala:
desenterraste
al hombre,
y el
esclavo
humillado
contigo, balanceando
la negra dignidad de su estatura,
caminó conquistando
la alegría.

Al fogonero,
abajo,
en la caldera,
mandaste
un canastito
de frutillas,
a todas las esquinas de tu pueblo
un verso
tuyo llegó de visita
y era como un trozo
de cuerpo limpio
el verso que llegaba,
como
tu propia barba pescadora
o el solemne camino de tus piernas de acacia.

Pasó entre los soldados
tu silueta
de bardo, de enfermero,
de cuidador nocturno
que conoce
el sonido

de la respiración en la agonía
y espera con la aurora
el silencioso
regreso
de la vida.

Buen panadero!
Primo hermano mayor
de mis raíces,
cúpula
de araucaria,
hace
ya
cien
años
que sobre el pasto tuyo
y sus germinaciones,
el viento
pasa
sin gastar tus ojos.

Nuevos
y crueles años en tu patria:
persecuciones,
lágrimas,
prisiones,
armas envenenadas
y guerras iracundas,
no han aplastado
la hierba de tu libro,
el manantial vital
de su frescura.
Y, ay!
los

que asesinaron
a Lincoln
ahora
se acuestan en su cama,
derribaron
su sitial
de olorosa madera
y erigieron un trono
por desventura y sangre
salpicado.

Pero
canta en
las estaciones
suburbanas
tu voz,
en
los
desembarcaderos
vespertinos
chapotea
como
un agua oscura
tu palabra,
tu pueblo
blanco
y negro,
pueblo
de pobres,
pueblo simple
como
todos
los pueblos,
no olvida

tu campana:
se congrega cantando
bajo
la magnitud
de tu espaciosa vida:
entre los pueblos con tu amor camina
acariciando
el desarrollo puro
de la fraternidad sobre la tierra.

VI

Navegaciones y regresos

[1959]

A Louis Aragon

1

Aragon, déjame darte algunas flores de Chile,
algunas hojas cubiertas de rocío salvaje,
algunas raíces inesperadamente ciegas.
Andando entre la clara cordillera del Oeste
y el desencadenado material del océano
hay, allá lejos, una tierra terrible,
hermosa como la piel palpitante del puma.
Allí cada mañana saludo a la soledad.
Las piedras esperaron millares de siglos solas
y ni una sola mano las tocó para herirlas,
entonces ellas solas alzaron su estructura,
ellas edificaron sus castillos amargos.
Pero la luz marina abrió los ojos
allí, y en las desnudas
soledades
una flor y otra flor en este mes de octubre:
el azul oceánico arde sobre las piedras.

2

De aquella solitaria primavera,
poeta, hermano de cabeza pálida,
con respeto y amor, te traigo una corona.
Mira la flor del cactus eléctrico y la espina
del ágave, iglesia de la arena,
mira los cuatro pétalos del trébol procelario,
el sol abandonado del clavel,

la gota de agua y sangre del copihue,
la acacia errante cerca de la espuma.
Todo bajo la copa
del cielo lento y largo como un río.
No hay nadie allí: los pasos que escuchaste
son los pasos del mar, de sus caballos.

3

Todo esto para tu noble frente generosa.
Estas flores lejanas para ti, distante.
Estas espinas para tu batalla.
Estas gotas de océano para el agua
de tu mirada, clara como ninguna.
Esta amistad para tu corazón de cristal.
Estas manos para tus manos, oh solitario único,
acompañado por todas las manos del pasado
y todo el pan que el hombre amasará mañana.
Estas palabras para ti, propietario,
castellano, señor
de todas las palabras, las de color de plata,
las que se derramaron como asfalto quemante
sobre los enemigos de la bondad, las palabras
hechas de trigo, espadas, cuarzo de Francia, vino,
razón, valor, encinas,
palabras que cantaron como sólo tú cantas,
palabras con sombra y miel, palabras puras
que de pronto amenazan, se equivocan, se pierden,
directas se dirigen como flechas
al tiempo invisible, a la primavera escondida,
llevando las simientes a través de la niebla.

4

Capitán del amor, a donde ibas,
la zarza errante, el fuego
de unos ojos,
de la mujer amada,
bienamada,
cayó sobre tu rostro
y te otorgó sus dones,
y en ti florece y se abre esta mirada,
en plena multitud, en paz o en guerra.
Estás vestido
de mar, de flor salvaje,
de ola profunda
o de celeste aurora,
eres el novio con
una carta sobre el corazón,
con una inicial siempre latiendo
en tu navío.
Fidelidad se llama
tu navío,
fidelidad fecunda,
amor como un granero,
dulzura lacerante
y enseñanza,
porque eres el antiguo, antiguo, antiguo
enamorado de guantes puros,
la llama
del caballero
errante
que a través de la guerra,
de las olas,
del áspero rencor,
de las victorias,

del viento cruel, del día
amargo,
lleva en su mano de acero
contra la tempestad sólo una rosa.

5

Hermano separado por tantas tierras y aguas,
por el desorden y la inteligencia,
nos encontramos en la hora, ya distante,
de España, en su copa de laurel y cenizas,
y aunque pasan los años como abejas
con dolores y luchas que se apagan y aclaran,
año y año, aquí estamos, en la proa
del tiempo,
del tiempo que tú cantas, que tú vaticinaste.
No sólo la razón, no sólo el amor extenso,
sino los pueblos vivos, los pueblos amarillos,
blancos, negros, del Sur, del Este, del Oeste,
nos piden cada día los deberes del canto.
Y tú, delgado como las espadas,
conoces tu deber de mediodía,
y la amenaza no puede contigo:
la duda no devora tu claridad sagrada
porque eres parte pura de la aurora.

6

Estas hojas de la lejana Araucanía,
estas flores nacidas en un silencio apenas
interrumpido por el mar desbordante,
son para ti, Aragon, para ti, hermano.
Allí las recogí donde nací, en mi patria,
y desde tanta soledad las traigo
para ti y para todo lo que cantas.

ODA A RAMÓN GÓMEZ DE LA SERNA

Ramón
está escondido,
vive en su gruta
como un oso de azúcar.
Sale sólo de noche
y trepa por las ramas
de la ciudad, recoge
castañas tricolores,
piñones erizados,
clavos de olor, peinetas de tormenta,
azafranados abanicos muertos,
ojos perdidos en las bocacalles,
y vuelve con su saco
hasta su madriguera trasandina
alfombrada con largas cabelleras
y orejas celestiales.

Vuelve lleno de miedo
al golpe de la puerta,
al ímpetu
espacial
de los aviones,
al frío que se cuela
desde España,
a las enredaderas, a los hombres,
a las banderas, a la ingeniería.
Tiene miedo de todo.
Allí en su cueva
reunió los alimentos

migratorios
y se nutre
de claridad sombría
y de naranjas.

De pronto
sale un fulgor, un rayo
de su faro
y el haz ultravioleta
que encerraba
su frente
nos ilumina el diámetro y la fiesta,
nos muestra el calendario
con Viernes más profundos,
con Jueves como el mar vociferante,
todo repleto, todo
maduro con sus orbes,
porque el revelador del universo
Ramón se llama y cuando
sopla en su flor de losa, en su trompeta,
acuden manantiales,
muestra el silencio sus categorías.

Oh rey Ramón,
monarca
mental,
director
ditirámbico
de la interrogadora poesía,
pastor de las parábolas
secretas, autor
del alba y su
desamparado
cataclismo,
poeta

presuroso
y espacioso,
con tantos sin embargos,
con tantos ojos ciegos,
porque
viéndolo todo
Ramón se irrita
y desaparece,
se confunde en la bruma
del calamar lunario
y el que todo lo dice
y puede
saludar lo que va y lo que viene,
de pronto
se inclina hacia anteayer, da un cabezazo
contra el sol de la historia,
y de ese encuentro salen chispas negras
sin la electricidad de su insurgencia.

Escribo en Isla Negra,
construyo
carta y canto.
El día estaba roto
como la antigua estatua
de una diosa marina
recién sacada de su lecho frío
con lágrimas y légamo,
y junto al movimiento
descubridor
del mar y sus arenas,
recordé los trabajos
del Poeta,
la insistencia radiante de su espuma,
el venidero viento de sus olas.

Y a Ramón
dediqué
mis himnos matinales,
la culebra
de mi caligrafía,
para cuando
salga
de su prolija torre de carpincho
reciba la serena
magnitud de una ráfaga de Chile
y que le brille al mago el cucurucho
y se derramen todas sus estrellas.

VII

Las piedras de Chile

[1961]

LA TUMBA DE VÍCTOR HUGO EN ISLA NEGRA

Una piedra entre todas,
losa lisa,
intacta como el orden
de un planeta
aquí en las soledades
se dispuso,
y la lamen las olas
las espumas la bañan,
pero emerge
lisa, solemne, clara,
entre el abrupto y duro roquerío,
redondeada y serena,
oval, determinada
por majestuosa muerte
y nadie sabe quién duerme rodeado
por la insondable cólera marina,
nadie lo sabe, sólo
la luna del albatros,
la cruz del cormorán, la pata dura
del pelícano, sólo
lo sabe el mar, sólo lo sabe
el triste trueno verde de la aurora.

Silencio, mar! Calladas
recen su padrenuestro las espumas,
alargue el alga larga sus cabellos,
su grito húmedo
apague
la gaviota:

aquí yace,
aquí por fin tejido
por un gran monumento despeñado,
su canto se cubrió con la blancura
del incesante mar y sus trabajos,
y enterrado en la tierra,
en la fragancia
de Francia fresca y fina
navegó su materia,
entregó al mar su barba submarina,
cruzó las latitudes,
buscó entre las corrientes,
atravesó tifones y caderas
de archipiélagos puros,
hasta que las palomas torrenciales
del Sur del mar, de Chile,
atrajeron los pasos tricolores
del espectro nevado
y aquí descansa, solo
y desencadenado:
entró en la turbulenta claridad,
besado por la sal y la tormenta,
y padre de su propia eternidad
duerme por fin, extenso,
recostado en el trueno intermitente,
en el final del mar y sus cascadas,
en la panoplia de su poderío.

VIII

Cantos ceremoniales

[1961]

LAUTRÉAMONT RECONQUISTADO

I

Cuando llegó a París tuvo mucho que hacer.
Éstas eran las verdaderas calles del hombre.
Aquí las había taladrado como a los túneles el gusano
adentro de un queso oscuro, bajo el atroz invierno.
Las casas eran tan grandes que la sabiduría
se empequeñeció y corrió como rata al granero
y sólo fueron habitadas las casas por la sombra,
por la rutina venenosa de los que padecían.
Compró flores, pequeñas flores en el mercado des
       Halles
y de Clignancourt absorbió el asco militante,
no hubo piedra olvidada para el pequeño Isidoro,
su rostro se fue haciendo delgado como un diente,
delgado y amarillo como la luna menguante en la
       pampa,
cada vez era más parecido a la luna delgada.
La noche le robaba hora por hora el rostro.
La noche de París ya había devorado
todos los regimientos, las dinastías, los héroes,
los niños y los viejos, las prostitutas, los ricos y los
       pobres.
Ducasse estaba solo y cuanto tuvo de luz lo entregó
       cuerpo a cuerpo,
contra la devoradora se dispuso a luchar,
fabricó lobos para defender la luz,
acumuló agonía para salvar la vida,
fue más allá del mal para llegar al bien.

II

Lo conocí en el Uruguay cuando era tan pequeño
que se extraviaba en las guitarras del mes de julio,
aquellos días fueron de guerra y de humo,
se desbocaron los ríos, crecieron sin medida las
    aguas.
No había tiempo para que naciera.
Debió volver muchas veces, remontar el deseo,
viajar hasta su origen, hasta por fin llegar
cuando sangre y tambores golpeaban a la puerta,
y Montevideo ardía como los ojos del puma.
Turbulenta fue aquella época, y de color morado
como un deshilachado pabellón de asesinos.
Desde la selva el viento militar
llegaba en un confuso olor a hierba ardiendo.
Los fusiles quebrados a la vera del río
entraban en el agua y a plena medianoche
se habían convertido en guitarras, el viento
repartía sollozos y besos de las barcarolas.

III

Americano! Pequeño potro pálido
de las praderas! Hijo
de la luna uruguaya!
Escribiste a caballo, galopando
entre la dura hierba y el olor a camino,
a soledad, a noche y herraduras!
Cada uno
de tus cantos fue un lazo,
y Maldoror sentado sobre las calaveras
de las vacas
escribe con su lazo,

es tarde, es una pieza de hotel, la muerte ronda.
Maldoror con su lazo,
escribe que te escribe su larga carta roja.
La vidalita de Maldoror, hacia el Oeste,
las guitarras sin rumbo, cerca del Paraná,
terrenos bajos, el misterioso crepúsculo cayó
como una paletada de sangre sobre la tierra,
las grandes aves carnívoras se despliegan,
sube del Uruguay la noche con sus uvas.
Era tarde, un temblor unánime de ranas,
los insectos metálicos atormentan el cielo,
mientras la inmensa luna se desnuda en la pampa
extendiendo en el frío su sábana amarilla.

IV

El falso cruel de noche prueba sus uñas falsas,
de sus cándidos ojos hace dos agujeros,
con terciopelo negro su razón enmascara,
con un aullido apaga su inclinación celeste.

El sapo de París, la bestia blanda
de la ciudad inmunda lo sigue paso a paso,
lo espera y abre las puertas de su hocico:
el pequeño Ducasse ha sido devorado.

El ataúd delgado parece que llevara
un violín o un pequeño cadáver de gaviota,
son los mínimos huesos del joven desdichado,
y nadie ve pasar el carro que lo lleva,
porque en este ataúd continúa el destierro,
el desterrado sigue desterrado en la muerte.

Entonces escogió la Commune y en las calles
sangrientas, Lautréamont, delgada torre roja,
amparó con su llama la cólera del pueblo,
recogió las banderas del amor derrotado
y en las masacres Maldoror no cayó,
su pecho transparente recibió la metralla
sin que una sola gota de sangre delatara
que el fantasma se había ido volando
y que aquella masacre le devolvía el mundo:
Maldoror reconocía a sus hermanos.

Pero antes de morir volvió su rostro duro
y tocó el pan, acarició la rosa,
soy, dijo, el defensor esencial de la abeja,
sólo de claridad debe vivir el hombre.

V

Del niño misterioso recojamos
cuanto dejó, sus cantos triturados,
las alas tenebrosas de la nave enlutada,
su negra dirección que ahora entendemos.
Ha sido revelada su palabra.
Detrás de cada sombra suya el trigo.
En cada ojo sin luz una pupila.
La rosa en el espacio del honor.
La esperanza que sube del suplicio.
El amor desbordando de su copa.
El deber hijo puro de la madera.
El rocío que corre saludando a las hojas.
La bondad con más ojos que una estrella.
El honor sin medalla ni castillo.

VI

Entonces la muerte, la muerte de París cayó como
  una tela,
como horrendo vampiro, como alas de paraguas,
y el héroe desangrado la rechazó creyendo
que era su propia imagen, su anterior criatura,
la imagen espantosa de sus primeros sueños.
"No estoy aquí, me fui, Maldoror ya no existe."
"Soy la alegría de la futura primavera"
dijo, y no era la sombra que sus manos crearon,
no era el silbido del folletín en la niebla,
ni la araña nutrida por su oscura grandeza,
era sólo la muerte de París que llegaba
a preguntar por el indómito uruguayo,
por el niño feroz que quería volver,
que quería sonreír hacia Montevideo,
era sólo la muerte que venía a buscarlo.

IX

Memorial de Isla Negra

[1964]

LOS LIBROS

Libros sagrados y sobados, libros
devorados, devoradores.
secretos,
en las faltriqueras:
Nietzsche, con olor a membrillos,
y subrepticio y subterráneo
Gorki caminaba conmigo.
Oh aquel momento mortal
en las rocas de Víctor Hugo
cuando el pastor casa a su novia
después de derrotar al pulpo,
y el Jorobado de París
sube circulando en las venas
de la gótica anatomía.
Oh María de Jorge Isaacs,
beso blanco en el día rojo
de las haciendas celestes
que allí se inmovilizaron
con el azúcar mentiroso
que nos hizo llorar de puros.

Los libros tejieron, cavaron,
deslizaron su serpentina
y poco a poco, detrás
de las cosas, de los trabajos,
surgió como un olor amargo
con la claridad de la sal
el árbol del conocimiento.

ARCE

De intermitentes días
y paginas nocturnas
surge Homero con apellido de árbol
y nombre coronado
y sigue siendo así, madera pura
de bosque y de pupitre
en donde cada veta
como rayo de miel hace la túnica
del corazón glorioso
y una corona de cantor callado
le da su nimbo justo de laurel.
Hermano cuya cítara impecable,
su secreto sonido,
se oye a pesar de cuerdas escondidas:
la música que llevas
resplandece,
eres tú la invisible poesía.
Aquí otra vez te doy porque has vivido
mi propia vida cual si fuera tuya,
gracias, y por los dones
de la amistad y de la transparencia,
y por aquel dinero que me diste
cuando no tuve pan, y por la mano
tuya cuando mis manos no existían,
y por cada trabajo
en que resucitó mi poesía
gracias a tu dulzura laboriosa.

X

La barcarola

[1967]

VALLEJO

*Más tarde en la calle Delambre con Vallejo bebiendo
    calvados
y cerveza en las copas inmensas de la calle Alegría,
porque entonces mi hermano tenía alegría en la copa
y alzábamos juntos la felicidad de un minuto que ardía
    en el aire
y que se apagaría en su muerte dejándome ciego.*

R.D. (Rubén Darío)

I. Conversación marítima

Encontré a Rubén Darío en las calles de Valparaíso,
esmirriado aduanero, singular ruiseñor que nacía:
era él una sombra en las grietas del puerto, en el humo
      marino,
un delgado estudiante de invierno desprendido del fuego
      de su natalicio.

Bajo el largo gabán tiritaba su largo esqueleto
y lleva bolsillos repletos de espejos y cisnes:
había llegado a jugar con el hambre en las aguas de
      Chile,
y en abandonadas bodegas o invencibles depósitos de
      mercaderías,
a través de almacenes inmensos que sólo custodian el
      frío
el pobre poeta paseaba con su Nicaragua fragante, como
      si llevara en el pecho
un limón de pezones azules o el recuerdo en redoma
      amarilla.
Compañero, le dije: la nave volvió al fragoroso estupor
      del océano,
y tú, desterrado de manos de oro, contempla este amargo
      edificio:
aquí comenzó el universo del viento
y llegan del Polo los grandes navíos cargados de niebla
      mortuoria.
No dejes que el frío atormente tus cisnes, ni rompa tu
      espejo sagrado,

la lluvia de junio amenaza tu suave sombrero,
la noche de antárticos ojos navega cubriendo la costa
      con su matrimonio de espinas,
y tú, que propicias la rosa que enlaza el aroma y la
      nieve,
y tú, que originas en tu corazón de azafrán la burbuja
      y el canto clarísimo,
reclama un camino que corte el granito de las
      cordilleras
o súmete en las vestiduras del humo y la lluvia de
      Valparaíso.

Ahuyenta las nieblas del Sur de tu América amarga
y aunque Balmaceda sostenga sus guantes de plata en
      tus manos,
escapa montando en la racha de tu serpentina quimera!
Y corre a cantar con tu río de mármol la ilustre sonata
que se desenvuelve en tu pecho desde tu Nicaragua natal!

Huraño era el humo de los arsenales, y olía el invierno
a desenfrenadas violetas que se desteñían manchando el
      marchito crepúsculo:
tenía el invierno el olor de una alfombra mojada por
      años de lluvia
y cuando el silbato de un ronco navío cruzó como un
      cóndor cansado el recinto de los malecones,
sentí que mi padre poeta temblaba, y un imperceptible
      lamento
o más bien vibración de campana que en lo alto prepara
      el tañido
o tal vez conmoción mineral de la música envuelta en la
      sombra,
algo vi o escuché porque el hombre me miró sin mirarme
      ni oírme.

Y sentí que subió hasta su torre el relámpago de un
    escalofrío.

Yo creo que allí constelado quedó, atravesado por rayos
    de luz inaudita
y era tanto el fulgor que llevaba debajo de su vestimenta
    raída
que con sus dos manos oscuras intentaba cubrir su
    linaje.
Y no he visto silencio en el mundo como el de aquel
    hombre dormido,
dormido y andando y cantando sin voz por las calles de
    Valparaíso.

II. La gloria

Oh clara! Oh delgada sonata! Oh cascada de clan
    cristalino!

Surgió del idioma volando una ráfaga de alas de oro
y entonces la niebla del mundo retrocede a la infame
    bodega
y la claridad del panal adelanta un torrente de trinos
que decretan la ley de cristal, el racimo de nieve del
    cisne:
el pámpano jádico ondula sus signos interrogativos
y Flora y Pomona descartan los deshilachados gabanes
sacando a la calle el fulgor de sus tetas de nácar
    marino.

Oh gran tempestad del Tritón encefálico! Oh bocina del
    cielo infinito!

Tembló Echegaray enfundando el paraguas de hierro
     enlozado
que lo protegió de las iras eróticas de la primavera
y por vez primera la estatua yacente de Jorge Manrique
     despierta:
sus labios de mármol sonríen y alzando una mano
     enguantada
dirige una rosa olorosa a Rubén Darío que llega a
     Castilla e inaugura la lengua española.

III. La muerte en Nicaragua

Desfallece en León el león y lo acuden y lo solicitan,
los álbumes cargan las rosas del emperador deshojado
y así lo pasean en su levitón de tristeza
lejos del amor, entregado al coñac de los filibusteros.

Es como un inmenso y sonámbulo perro que trota y cojea
por salas repletas de conmovedora ignorancia
y él firma y saluda con manos ausentes: se acerca la
     noche detrás de los vidrios,
los montes recortan la sombra y en vano los dedos
     fosfóricos
del bardo pretenden la luz que se extingue: no hay luna,
     no llegan estrellas, la fiesta se acaba.

Y Francisca Sánchez no reza a los pies amarillos de su
     minotauro.

Así, desterrado en su patria mi padre, tu padre, poetas, ha
     muerto.

Sacaron del cráneo sus sesos sangrantes los crueles
     enanos

y los pasearon por exposiciones y hangares siniestros:
el pobre perdido allí solo entre condecorados, no oía
        gastadas palabras,
sino que en la ola del ritmo y del sueño cayó al
        elemento:
volvió a la substancia aborigen de las ancestrales
        regiones.

Y la pedrería que trajo a la historia, la rosa que canta
        en el fuego,
el alto sonido de su campanario, su luz torrencial de
        zafiro
volvió a la morada en la selva, volvió a sus raíces.

Así fue como el nuestro, el errante, el enigma de
        Valparaíso
el benedictino sediento de las Baleares,
el prófugo, el pobre pastor de París, el triunfante perdido,
descansa en la arena de América, en la cuna de las
        esmeraldas.

Honor a su cítara eterna, a su torre indeleble!

XI

Fin de mundo

[1969]

ESCRITORES

Canta Cortázar su novena
de imponente sombra argentina
en su iglesia de desterrado
y es difícil para los muchos
el espejo de este lenguaje
que se pasea por los días
cargado de besos veloces
escurriéndose como peces
para brillar sin fin sin par
en Cortázar, el pescador,
que pesca los escalofríos.

Del Perú cuyo rostro guarda
como cicatrices salobres
los versos de César Vallejo
surgió en mi edad un escritor
que floreció contando cuentos
del territorio tempestuoso,
y así escuché la nueva voz
de Vargas Llosa que contó
llorando sus cuentos de amor
y, sonriendo, los dolores
de su patria deshabitada.

(Yo soy el cronista irritado
que no escucha la serenata
porque tiene que hacer las cuentas

del siglo verde y su verdura,
del siglo nocturno y su sombra,
del siglo de color de sangre.)

(Todo lo tengo que traer
al redondel de mis miradas
y ver donde salta el conejo
y donde rugen los leones.)

GARCÍA MÁRQUEZ

También en este tiempo tuvo
tiempo de nacer un volcán
que echaba fuego a borbotones
o, más bien dicho, este volcán
echaba sueños a caer
por las laderas de Colombia
y fueron las mil y una noche
saliendo de su boca mágica,
la erupción magna de mi tiempo:
en sus invenciones de arcilla,
sucios de barro y de lava,
nacieron para no morir
muchos hombres de carne y hueso.

ESCRITORES

Fueron así por estos años
levantando mis compañeros
un relato crespo y nocturno,
dilatado como el planeta,
lleno de acontecimientos,
de pueblos, calles, geografía,
y un idioma de tierra pura
con soledades y raíces.

A éstos yo canto y yo nombro,
no puedo contarlos a todos.

Nosotros sudamericanos,
nosotros subamericanos,
por nuestra culpa y maleficio
vimos nuestros nombres por fin,
las sílabas de nuestra nieve
o el humo de nuestras cocinas
estudiados por otros hombres
en trenes que bajan de Hamburgo
o que suben desde Tarento.

OLIVERIO GIRONDO

Pero debajo de la alfombra
y más allá del pavimento
entre dos inmóviles olas
un hombre ha sido separado
y debo bajar y mirar
hasta saber de quién se trata.
Que no lo toque nadie aún:
es una lámina, una línea:
una flor guardada en un libro:
una osamenta transparente.

El Oliverio intacto entonces
se reconstituye en mis ojos
con la certeza del cristal,
pero cuanto adelante o calle,
cuanto recoja del silencio,
lo que me cunda en la memoria,
lo que me regale la muerte,
sólo será un pobre vestigio,
una silueta de papel.

Porque el que canto y rememoro
brillaba de vida insurrecta
y compartí su fogonazo,
su ir y venir y revolver,
la burla y la sabiduría,
y codo a codo amanecimos
rompiendo los vidrios del cielo,
subiendo las escalinatas

de palacios desmoronados,
tomando trenes que no existen,
reverberando de salud
en el alba de los lecheros.

Yo era el navegante silvestre
(y se me notaba en la ropa
la oscuridad del archipiélago)
cuando pasó y sobrepasó
las multitudes Oliverio,
sobresaliendo en las aduanas,
solícito en las travesías
(con el plastrón desordenado
en la otoñal investidura),
o cerveceando en la humareda
o espectro de Valparaíso.

En mi telaraña infantil
sucede Oliverio Girondo.

Yo era un mueble de las montañas.

Él, un caballero evidente.
Barbín, barbián, hermano claro,
hermano oscuro, hermano frío,
relampagueando en el ayer
preparabas la luz intrépida,
la invención de los alhelíes.
las sílabas fabulosas
de tu elegante laberinto
y así tu locura de santo
es ornato de la exigencia,
como si hubieras dibujado
con una tijera celeste

en la ventana tu retrato
para que lo vean después
con exactitud las gaviotas.

Yo soy el cronista abrumado
por lo que puede suceder
y lo que debo predecir
(sin contar lo que me pasó,
ni lo que a mí me pasaron),
y en este canto pasajero
a Oliverio Girondo canto,
a su insolencia matutina.

Se trata del inolvidable.

De su indeleble puntería:
cuando borró la catedral
y con su risa de corcel
clausuró el turismo de Europa,
reveló el pánico del queso
frente a la francesa golosa
y dirigió al Guadalquivir
el disparo que merecía.

Oh primordial desenfadado!
Hacía tanta falta aquí
tu iconoclasta desenfreno!

Reinaba aún Sully Prud'homme
con su redingote de lilas
y su bonhomía espantosa.
Hacía falta un argentino
que con las espuelas del tango
rompiera todos los espejos

incluyendo aquel abanico
que fue trizado por un búcaro.

Porque yo, pariente futuro
de la itálica piedra clara
o de Quevedo permanente
o del nacional Aragon,
yo no quiero que espere nadie
la moneda falsa de Europa,
nosotros los pobres américos,
los dilatados en el viento,
los de metales más profundos.
los millonarios de guitarras,
no debemos poner el plato,
no mendiguemos la existencia.

Me gusta Oliverio por eso:
no se fue a vivir a otra parte
y murió junto a su caballo.
Me gustó la razón intrínseca
de su delirio necesario
y el matambre de la amistad
que no termina todavía:
amigo, vamos a encontrarnos
tal vez debajo de la alfombra
o sobre las letras del río
o en el termómetro obelisco
(o en la dirección delicada
del susurro y de la zozobra)
o en las raíces reunidas
bajo la luna de Figari.

Oh energúmeno de la miel,
patriota del espantapájaros,

celebraré, celebré, celebro
lo que cada día serás
y lo Oliverio que serías
compartiendo tu alma conmigo
si la muerte hubiera olvidado
subir una noche y por qué?
buscando un número y por qué?
por qué por la calle Suipacha?

De todos los muertos que amé
eres el único viviente.

No me dedico a las cenizas,
te sigo nombrando y creyendo
en tu razón extravagante
cerca de aquí, lejos de aquí,
entre una esquina y una ola
adentro de un día redondo,
en un planeta desangrado
o en el origen de una lágrima.

XII

Elegía

[1974]

XIV

Evtuchenko es un loco,
es un clown,
así dicen con boca cerrada.
Ven Evtuchenko,
vamos a no conversar,
ya lo hemos hablado todo
antes de llegar a este mundo,
y hay en tu poesía
rayos de luna nueva,
pétalos electrónicos,
locomotoras,
lágrimas,
y de cuando en cuanto, hola!
arriba!, abajo!
tus piruetas, tus altas acrobacias.
Y por qué no un payaso?

Nos faltan en el mundo
Napoleón, un *clown* de las batallas,
(perdido más tarde en la nieve),
Picasso, *clown* del cosmos,
bailando en el altar
de los milagros,
y Colón, aquel payaso triste
que humillado en todas las pistas,
nos descubrió hace siglos.

Sólo al poeta no quieren dejarlo,
quieren robarle su pirueta,
quieren quitarle su salto mortal.

Yo lo defiendo
contra los nuevos filisteos.
Adelante Evtuchenko,
mostremos en el circo
nuestra destreza y nuestra tristeza,
nuestro placer de jugar con la luz
para que la verdad relampaguee
entre sombra y sombra.
Hurrah!
ahora entremos,
que se apague la sala y con un reflector
alúmbrennos las caras
para que así puedan ver
dos alegres pájaros
dispuestos a llorar con todo el mundo.

XIII

Jardín de invierno

[1974]

CON QUEVEDO EN PRIMAVERA

Todo ha florecido en
estos campos, manzanos,
azules titubeantes, malezas amarillas,
y entre la hierba verde viven las amapolas.
El cielo inextinguible, el aire nuevo
de cada día, el tácito fulgor,
regalo de una extensa primavera.
Sólo no hay primavera en mi recinto.
Enfermedades, besos desquiciados,
como yedras de iglesia se pegaron
a las ventanas negras de mi vida
y el solo amor no basta, ni el salvaje
y extenso aroma de la primavera.

Y para ti qué son en este ahora
la luz desenfrenada, el desarrollo
floral de la evidencia, el canto verde
de las verdes hojas, la presencia
del cielo con su copa de frescura?
Primavera exterior, no me atormentes,
desatando en mis brazos vino y nieve,
corola y ramo roto de pesares,
dame por hoy el sueño de las hojas
nocturnas, la noche en que se encuentran
los muertos, los metales, las raíces,
y tantas primaveras extinguidas
que despiertan en cada primavera.

XIV

Defectos escogidos

[1974]

LLEGÓ HOMERO

H. Arce y desde Chile. Señor mío,
qué distancia y qué parco caballero:
parecía que no, que no podía
salir de Chile, mi patria espinosa,
mi patria rocallosa y movediza.
De allí hasta acá, formalmente ataviado
de corbata y planchado pantalón,
atlántico llegó, después de todo,
sin comentar la heroica travesía,
en un avión repleto,
el pasajero de primera vez.

Hay que tomar en cuenta
su identidad estática y poética,
el quieto numeral de cada día
que mantuvo en reposo
el noble fuego de su poesía.

Hay que saber las cosas de estos hombres
que de grandes que son se disimulan
menospreciando las hegemonías,
tan integrales como la madera
de las antiguas vigas suavizadas
por el tacto del tiempo y del decoro.

Ahora está aquí otra vez mi
compañero.
Y como lo conozco no le digo
nada sino "Buenos días".

PASEANDO CON LAFORGUE

Diré de esta manera, yo, nosotros,
superficiales, mal vestidos de profundos,
por qué nunca quisimos ir del brazo
con este tierno Julio, muerto sin compañía?
Con un purísimo superficial
que tal vez pudo enseñarnos la vida a su manera,
la luna a su manera,
sin la aspereza hostil del derrotado?

Por qué no acompañamos su violín
que deshojó el otoño de papel de su tiempo
para uso exclusivo de cualquiera,
de todo el mundo, como debe ser?

Adolescentes éramos, tontos enamorados
del áspero tenor de Sils-María,
ése sí nos gustaba,
la irreductible soledad a contrapelo,
la cima de los pájaros águilas
que sólo sirven para las monedas,
emperadores, pájaros destinados
al embalsamamiento y los blasones.

Adolescentes de pensiones sórdidas,
nutridos de incesantes spaghettis,
migas de pan en los bolsillos rotos,
migas de Nietzsche en las pobres cabezas:
sin nosotros se resolvía todo,
las calles y las casas y el amor:

fingíamos amar la soledad
como los presidiarios su condena.

Hoy ya demasiado tarde volví a verte,
Jules Laforgue,
gentil amigo, caballero triste,
burlándote de todo cuanto eras,
solo en el parque de la Emperatriz
con tu luna portátil
—la condecoración que te imponías—
tan correcto con el atardecer,
tan compañero con la melancolía,
tan generoso con el vasto mundo
que apenas alcanzaste a digerir.

Porque con tu sonrisa agonizante
llegaste tarde suave joven bien vestido,
a consolarnos de nuestras pobres vidas
cuando ya te casabas con la muerte.

Ay cuánto uno perdió con el desdén
en nuestra juventud menospreciante
que sólo amó la tempestad, la furia,
cuando el *frufrú* que tú nos descubriste
o el solo de astro que nos enseñaste
fueron una verdad que no aprendimos:
la belleza del mundo que perdías
para que la heredáramos nosotros:
la noble cifra que no desciframos:
tu juventud mortal que quería enseñarnos
golpeando la ventana con una hoja amarilla:
tu lección de adorable profesor,
de compañero puro
tan reticente como agonizante.

XV

A Howard Fast

Este poema, casi desconocido hasta ahora, se publicó en el diario
"El Popular", de México, el 19 de junio de 1950 con la siguiente
nota:

"En el gran acto celebrado ayer en el Sindicato de Telefonistas de esta capital, en defensa del doctor Barsky, del escritor
Fast y de diez norteamericanos amantes de la paz, presos en
Estados Unidos, el poeta Pablo Neruda dio a conocer el poema
que insertamos a continuación".

A HOWARD FAST

A Howard Fast encarcelado me dirijo: te abrazo,
    camarada, te digo: Buenos días, hermano.

Yo vi cerrarse las puertas de España, y rodar en la
    sombra la frente
del poeta que era toda la luz española,
fueron hacia él las bestias sanguinarias, lo
    encontraron y desde entonces
hay sombra y noche y sangre y lágrimas en las
    tierras de España.
Yo no soy de aquí, yo soy de Chile, allá lejos
están mis camaradas, están mis libros, está mi casa
frente a las olas gigantes del Pacífico frío,
a mí también querían verme en sus calabozos
o muerto, silencioso para siempre

Franco, Truman, Trujillo odian la voz del hombre
y antes de encadenar a los pueblos, antes de que la
    marca
del terror se sacuda sobre todos los hombres
hacen la cacería del que describe o canta.
Franco lleva un coágulo de sangre en la corbata.
Trujillo afila cada día sus puñales.
Truman, el carcelero, ladra junto a las rejas
que encierran el altivo pensamiento de América.

¿Quién supo los dolores del Paraguay? ¿Quién siente
un amargo sabor de sangre en la boca, un sabor que
    te invade

porque en la tierra de Arequipa los jóvenes muertos
    dejaron
un terrible color escarlata en la arena?
En Bolivia el minero fue derribado a tiros
a los pies de la inmensa pirámide de estaño extraído
por sus manos abiertas ahora en la nada,
en Venezuela los grillos vuelven del mar, del olvido
a implantar otra vez la ignominia, en Colombia
se destruye en silencio la intensa corriente sonora
de un pueblo, y en Chile, habéis visto
la luna espectral del desierto sobre los perseguidos.

Hoy no es la selva, no es la ignota
tierra del vasto Sur americano
la que empuja al martirio,
es la orgullosa mansión de los ricos,
es la nación del Norte dorado,
es el castillo erizado de usinas
en cuya entrada la estatua con la antorcha
ilumina las puertas de la cárcel.

Es Howard Fast el que ha entrado. Sus libros
han sido uno a uno como grandes hogueras
que iluminaban la vida de América,
él escribió sobre los héroes negros,
sobre los capitanes y sobre los caminos,
sobre las pobres gentes y sobre las ciudades,
y ahora entra en la cárcel con veinte hombres
    ilustres,
y sobre su cabeza cae la misma nieve oscura
que yo vi descender sobre España, la misma
noche, la misma sombra, la misma sangre.

Oh tierra de los Estados! Oh soberana joven
que despertaste a la vida, nación grande y desnuda,
como una segadora sobre los cereales,
sobre la multitud de los dones del mundo.
Hoy Norteamérica, como un cristal de pronto
transformado en estiércol, he aquí que apareces
convertida en montón de gusanos voraces
que te devoran, cueva de delatores, patria
de las inquisiciones, de las nuevas gestapos,
hoyo de traficantes, trono de policía,
y el sitio donde estuvo la cordura de Jefferson
dictando rectitudes de jardín con rocío,
es hoy pampa furiosa donde el enloquecido
sheriff entra a caballo en las bibliotecas
y el pistolero que antes desembarcó en Nicaragua
dispara, autorizado, sobre los sindicatos.

Howard Fast, el terror que cortó como filo
de cuchillo malvado, las costumbres de Chile
el veneno insensato de Goebbels y Somoza,
la racha criminal que enluta a Grecia,
hoy sobre tu cabeza de eminencia escogida
se descarga, y comienza la invasión de tu patria.

Habéis sido escogidos por los mismos verdugos.
Quieren exterminar tus páginas preclaras.
Ya conocemos esto pero ahora
sabemos demasiado para no prepararnos.

Aquí estamos en todas las tierras los que te amamos.
En tu figura vemos la estatura del pueblo.
En tu voz recogemos la semilla invencible.
Hacia la paz marchamos contigo y con tu pueblo.
Desde la cárcel vemos tu rostro de bandera.

Vigilamos los pasos de cada carcelero.
Crecemos cada día con tu ejemplo.
Seremos numerosos como toda la tierra.
Tendremos la energía del infinito océano.
La cárcel de hoy será transformada en victoria!

México, junio 18 de 1950

XVI

Confieso que he vivido

[1974]

LA POESÍA

... Cuánta obra de arte... Ya no caben en el mundo...
Hay que colgarlas fuera de las habitaciones... Cuánto
libro... Cuánto librito... Quién es capaz de leerlos?... Si
fueran comestibles... Si en una ola de gran apetito los
hiciéramos ensalada, los picáramos, los aliñáramos...
Ya no se puede más... Nos tienen hasta las coronillas...
Se ahoga el mundo en la marea... Reverdy me decía:
"Avisé al correo que no me los mandara. No podía
abrirlos. No tenía sitio. Trepaban por los muros, temí
una catástrofe, se desplomarían sobre mi cabeza"...
Todos conocen a Eliot... Antes de ser pintor, de dirigir
teatros, de escribir luminosas críticas, leía mis versos...
Yo me sentía halagado... Nadie los comprendía mejor... Hasta que un día comenzó a leerme los suyos y
yo, egoísticamente, corrí protestando: "No me los lea,
no me los lea"... Me encerré en el baño, pero Eliot, a
través de la puerta, me los leía... Me sentí muy triste...
El poeta Frazer, de Escocia, estaba presente... Me incre-
pó: "Por qué tratas así a Eliot?"... Le respondí: "No
quiero perder mi lector. Lo he cultivado. Ha conocido
hasta las arrugas de mi poesía... Tiene tanto talento...
Puede hacer cuadros... Puede escribir ensayos... Pero
quiero guardar este lector, conservarlo, regarlo como
planta exótica... Tu me comprendes, Frazer"... Porque
la verdad, si esto sigue, los poetas publicarán sólo para
otros poetas... Cada uno sacará su plaquette y la mete-
rá en el bolsillo del otro... su poema... y lo dejará en
el plato del otro... Quevedo lo dejó un día bajo la
servilleta de un rey... eso sí valía la pena... O a pleno

sol, la poesía en una plaza... O que los libros se desgasten, se despedacen en los dedos de la humana multitud... Pero esta publicación de poeta a poeta no me tienta, no me provoca, no me incita sino a emboscarme en la naturaleza, frente a una roca y a una ola, lejos de las editoriales, del papel impreso... La poesía ha perdido su vínculo con el lejano lector... Tiene que recobrarlo... Tiene que caminar en la oscuridad y encontrarse con el corazón del hombre, con los ojos de la mujer, con los desconocidos de las calles, de los que a cierta hora crepuscular, o en plena noche estrellada, necesitan aunque sea no más que un solo verso... Esa visita a lo imprevisto vale todo lo andado, todo lo leído, todo lo aprendido... Hay que perderse entre los que no conocemos para que de pronto recojan lo nuestro de la calle, de la arena, de las hojas caídas mil años en el mismo bosque... y tomen tiernamente ese objeto que hicimos nosotros... Sólo entonces seremos verdaderamente poetas... En ese objeto vivirá la poesía...

ÉLUARD, EL MAGNÍFICO

Mi camarada Paul Éluard murió hace poco tiempo. Era tan entero, tan compacto, que me costó dolor y trabajo acostumbrarme a su desaparecimiento. Era un normando azul y rosa, de contextura recia y delicada. La guerra del 14, en la que fue gaseado dos veces, le dejó para siempre las manos temblorosas. Pero Éluard me dio en todo instante la idea del color celeste, de un agua profunda y tranquila, de una dulzura que conocía su fuerza. Por su poesía tan limpia, transparente como las gotas de una lluvia de primavera contra los cristales, habría parecido Paul Éluard un hombre apolítico, un poeta contra la política. No era así. Se sentía fuertemente ligado al pueblo de Francia, a sus razones y a sus luchas.

Era firme Paul Éluard. Una especie de torre francesa con esa lucidez apasionada que no es lo mismo que la estupidez apasionada, tan común.

Por primera vez, en México, a donde viajamos juntos, lo vi al borde de un oscuro abismo, él que siempre dejó un sitio reposado a la tristeza, un sitio tan asiduo como a la sabiduría.

Estaba agobiado. Yo había convencido, yo había arrastrado a este francés central hasta esas tierras lejanas y allí, el mismo día en que enterramos a José Clemente Orozco, caí yo enfermo con una peligrosa tromboflebitis que me mantuvo cuatro meses amarrado a mi cama. Paul Éluard se sintió solitario, oscuramente solitario, con el desamparo del explorador ciego. No conocía a nadie, no se le abrían las puertas. La viudez se le vino encima; se sentía allí solo y sin amor. Me decía: "Necesitamos ver la vida en compañía, participar en todos los fragmentos de la vida. Es irreal, es criminal mi soledad".

Llamé a mis amigos y lo obligamos a salir. A regañadientes lo llevaron a recorrer los caminos de México y en uno de esos recodos se encontró con el amor, con su último amor: Dominique.

Es muy difícil para mí escribir sobre Paul Éluard. Seguiré viéndolo vivo junto a mí, encendida en sus ojos la eléctrica profundidad azul que miraba tan ancho y desde tan lejos.

Salía del suelo francés en que laureles y raíces entretejen sus fragantes herencias. Su altura era hecha de agua y piedra y a ella trepaban antiguas enredaderas portadoras de flor y fulgor, de nidos y cantos transparentes.

Transparencia, es ésta la palabra. Su poesía era cristal de piedra, agua inmovilizada en su cantante corriente.

Poeta del amor cenital, hoguera pura de mediodía, en los días desastrosos de Francia puso en medio de su patria el corazón y de él salió fuego decisivo para las batallas.

Así llegó naturalmente a las filas del partido comunista. Para Éluard ser un comunista era confirmar con su poesía y su vida los valores de la humanidad y del humanismo.

No se crea que Éluard fue menos político que poeta. A menudo me asombró su clara videncia y su formidable razón dialéctica. Juntos examinamos muchas cosas, hombres y problemas de nuestro tiempo, y su lucidez me sirvió para siempre.

No se perdió en el irracionalismo surrealista porque no fue un imitador, sino un creador, y como tal descargó sobre el cadáver del surrealismo disparos de claridad e inteligencia.

Fue mi amigo de cada día y pierdo su ternura que era parte de mi pan. Nadie podrá darme ya lo que él se lleva porque su fraternidad activa era uno de los preciados lujos de mi vida.

Torre de Francia, hermano! Me inclino sobre tus ojos cerrados que continuarán dándome la luz y la grandeza, la simplicidad y la rectitud, la bondad y la sencillez que implantaste sobre la tierra.

QUASIMODO

La tierra de Italia guarda las voces de sus antiguos
poetas en sus purísimas entrañas. Al pisar el suelo de
las campiñas, al cruzar los parques donde el agua cen-
tellea, al atravesar las arenas de su pequeño océano
azul, me pareció ir pisando diamantinas substancias,
cristalería secreta, todo el fulgor que guardaron los siglos. Italia dio forma, sonido, gracia y arrebato a la
poesía de Europa; la sacó de su primera forma informe,
de su tosquedad vestida con sayal y armadura. La luz
de Italia transformó las harapientas vestiduras de los
juglares y la ferretería de las canciones de gesta en un
río caudaloso de cincelados diamantes.

Para nuestros ojos de poetas recién llegados a la cultura, venidos de países donde las antologías comienzan
con los poetas del año 1880, era un asombro ver en las
antologías italianas la fecha de 1230 y tantos, o 1310, o
1450, y entre estas fechas los tercetos deslumbrantes, el
apasionado atavío, la profundidad y la pedrería de los
Alighieri, Cavalcanti, Petrarca, Poliziano.

Estos nombres y estos hombres prestaron luz
florentina a nuestro dulce y poderoso Garcilaso de la
Vega, al benigno Boscán; iluminaron a Góngora y
tiñeron con su dardo de sombra la melancolía de Quevedo; moldearon los sonetos de William Shakespeare
de Inglaterra y encendieron las esencias de Francia
haciendo florecer las rosas de Ronsard y Du Bellay.

Así pues, nacer en las tierras de Italia es difícil empresa para un poeta, empresa estrellada que entraña asumir un firmamento de resplandecientes herencias.

Conozco desde hace años a Salvatore Quasimodo, y puedo decir que su poesía representa una conciencia que a nosotros nos parecería fantasmagórica por su pesado y ardiente cargamento. Quasimodo es un europeo que dispone a ciencia cierta del conocimiento, del equilibrio y de todas las armas de la inteligencia. Sin embargo, su posición de italiano central, de protagonista actual de un intermitente pero inagotable clasicismo, no lo ha convertido en un guerrero preso dentro de su fortaleza. Quasimodo es un hombre universal por excelencia, que no divide el mundo belicosamente en Occidente y Oriente, sino que considera como absoluto deber contemporáneo borrar las fronteras de la cultura y establecer como dones indivisibles la poesía, la verdad, la libertad, la paz y la alegría.

En Quasimodo se unen los colores y los sonidos de un mundo melancólicamente sereno. Su tristeza no significa la derrotada inseguridad de Leopardi, sino el recogimiento germinal de la tierra en la tarde; esa unción que adquiere la tarde cuando los perfumes, las voces, los colores y las campanas protegen el trabajo de las más profundas semillas. Amo el lenguaje recogido de este gran poeta, su clasicismo y su romanticismo y sobre todo admiro en él su propia impregnación en la continuidad de la belleza, así como su poder de transformarlo todo en un lenguaje de verdadera y conmovedora poesía.

Por encima del mar y de la distancia levanto una fragante Corona hecha con hojas de Araucanía y la dejo volando en el aire para que se la lleve el viento y la vida y la dejen sobre la frente de Salvatore Quasimodo.

No es la corona apolínea de laurel que tantas veces vimos en los retratos de Francesco Petrarca. Es una corona de nuestros bosques inexplorados, de hojas que no tienen nombre todavía, empapadas por el rocío de auroras australes.

VALLEJO SOBREVIVE

Otro hombre fue Vallejo. Nunca olvidaré su gran cabeza amarilla, parecida a las que se ven en las antiguas ventanas del Perú. Vallejo era serio y puro. Se murió en París. Se murió del aire sucio de París, del río sucio de donde han sacado tantos muertos. Vallejo se murió de hambre y de asfixia. Si lo hubiéramos traído a su Perú, si lo hubiéramos hecho respirar aire y tierra peruana, tal vez estaría viviente y cantando. He escrito en distintas épocas dos poemas sobre mi amigo entrañable, sobre mi buen camarada. En ellos creo que está descrita la biografía de nuestra amistad descentralizada. El primero, "Oda a Cesar Vallejo", aparece en el primer tomo de *Odas elementales*.

En los últimos tiempos, en esta pequeña guerra de la literatura, guerra mantenida por pequeños soldados de dientes feroces, han estado lanzando a Vallejo, a la sombra de César Vallejo, a la ausencia de César Vallejo, a la poesía de César Vallejo, contra mí y mi poesía. Esto puede pasar en todas partes. Se trata de herir a los que trabajaron mucho. Decir: ´éste no es bueno; Vallejo sí que era bueno". Si Neruda estuviese muerto lo lanzarían contra Vallejo vivo.

El segundo poema, cuyo título es una sola letra (la letra V), aparece en *Estravagario*.

Para buscar lo indefinible, la guía o el hilo que une el hombre a la obra, hablo de aquellos que tuvieron algo o mucho que ver conmigo. Vivimos en parte la vida juntos y ahora yo los sobrevivo. No tengo otro medio de indagar lo que se ha dado en llamar el misterio poético y que yo llamaría la claridad poética. Tiene que haber alguna relación entre las manos y la obra, entre los ojos, las vísceras, la sangre del hombre y su trabajo. Pero yo no tengo teoría. No ando con un dogma debajo del brazo para dejárselo caer en la cabeza a nadie. Como casi todos los seres, todo lo veo claro el lunes, todo lo veo oscuro el martes y pienso que este año es claro-oscuro. Los próximos años serán de color azul.

GABRIELA MISTRAL

Ya he dicho anteriormente que a Gabriela Mistral la conocí en mi pueblo, en Temuco. De este pueblo ella se separó para siempre. Gabriela estaba en la mitad de su trabajosa y trabajada vida y era exteriormente monástica, algo así como madre superiora de un plantel rectilíneo.

Por aquellos días escribió los poemas del Hijo, hechos en limpia prosa, labrada y constelada, porque su prosa fue muchas veces su más penetrante poesía. Como en estos poemas del Hijo describe la gravidez, el parto y el crecimiento, algo confuso se susurró en Temuco, algo impreciso, algo inocentemente torpe, tal vez un comentario burdo que hería su condición de soltera, hecho por esa gente ferroviaria y maderera que yo tanto conozco, gente bravía y tempestuosa que llaman pan al pan y vino al vino.

Gabriela se sintió ofendida y murió ofendida.

Años después, en la primera edición de su gran libro, puso una larga nota inútil contra lo que se había dicho y susurrado sobre su persona en aquellas montañas del fin del mundo.

En la ocasión de su memorable victoria, con el Premio Nobel cernido a su cabeza, debía pasar en el viaje por la estación de Temuco. Los colegios la aguardaban cada día. Las niñas escolares llegaban salpicadas por la lluvia y palpitantes de copihues. El copihue es la flor astral, la corola bella y salvaje de la Araucanía. Inútil espera. Gabriela Mistral se las arregló para pasar por allí de noche, se buscó un complicado tren nocturno para no recibir los copihues de Temuco.

Y bien, esto habla mal de Gabriela? Esto quiere decir simplemente que las heridas duraban en las entrepieles de su alma y no se restañaban fácilmente. Esto revela en la autora de tanta grandiosa poesía que en alma batallaron, como en cualquier alma de hombre, el amor y el rencor.

Para mí tuvo siempre una sonrisa abierta de buena camarada, una sonrisa de harina en su cara de pan moreno.

Pero, cuáles fueron las mejores sustancias en el horno de sus trabajos? Cuál fue el ingrediente secreto de su siempre dolorosa poesía?

Yo no voy a averiguarlo y con seguridad no lograría saberlo y, si lo supiera, no voy a decirlo.

En este mes de septiembre florecen los yuyos; el campo es una alfombra temblorosa y amarilla. Aquí en la costa golpea, desde hace cuatro días, con magnífica furia el viento sur. La noche está llena de su movimiento sonoro. El océano es a un tiempo abierto cristal verde y titánica blancura.

Llegas, Gabriela, amada hija de estos yuyos, de estas piedras, de este viento gigante. Todos te recibimos con alegría. Nadie olvidará tus cantos a los espinos, a las nieves de Chile. Eres chilena. Perteneces al pueblo. Nadie olvidará tus estrofas a los pies descalzos de nuestros niños. Nadie ha olvidado tu "palabra maldita". Eres una conmovedora partidaria de la paz. Por esas, y por otras razones, te amamos.

Llegas, Gabriela, a los yuyos y a los espinos de Chile. Bien vale que te dé la bienvenida verdadera, florida y áspera, en conformidad a tu grandeza y a nuestra amistad inquebrantable. Las puertas de piedra y primavera de septiembre se abren para ti. Nada más grato a mi corazón que ver tu ancha sonrisa entrar en la sagrada tierra que el pueblo de Chile hace florecer y cantar.

Me corresponde compartir contigo la esencia y la verdad que, por gracia de nuestra voz y nuestros actos, será respetada. Que tu corazón maravilloso descanse, viva, luche, cante y cree en la oceánica y andina soledad de la patria. Beso tu noble frente y reverencio tu extensa poesía.

VICENTE HUIDOBRO

El gran poeta Vicente Huidobro, que adoptó siempre
un aire travieso hacia todas las cosas, me persiguió con
sus múltiples jugarretas, enviando infantiles anónimos
en contra mía y acusándome continuamente de pla-
gio. Huidobro es el representante de una larga línea de
egocéntricos impenitentes. Esta forma de defenderse
en la contradictoria vida de la época, que no concedía
ningún papel al escritor, fue una característica de los
años inmediatamente anteriores a la primera guerra
mundial. La posición egodesafíante repercutió en América como eco de los desplantes de D'Annunzio en
Europa. Este escritor italiano, gran despilfarrador y vio-
lador de los cánones pequeño-burgueses, dejó en América una estela volcánica de mesianismo. El más apara-
toso y revolucionario de sus seguidores fue Vargas Vila.

Me es difícil hablar mal de Huidobro, que me hon-
ró durante toda su vida con una espectacular guerra de
tinta. Él se confirió a sí mismo el título de "Dios de la
Poesía" y no encontraba justo que yo, mucho más joven que él, formara parte de su Olimpo. Nunca supe
bien de qué se trataba en ese Olimpo. La gente de
Huidobro creacionaba, surrealizaba, devoraba el último
papel de París. Yo era infinitamente inferior, irreductiblemente provinciano, territorial, semisilvestre.

Huidobro no se conformaba con ser un poeta extra-
ordinariamenie dotado, como en efecto lo era. Quería
también ser "superman". Había algo infantilmente bello en sus travesuras. Si hubiera vivido hasta estos días,
ya se habría ofrecido como voluntario insustituible para

el primer viaje a la luna. Me lo imagino probándole a los sabios que su cráneo era el único sobre la tierra genuinamente dotado, por su forma y flexibilidad, para adaptarse a los cohetes cósmicos.

Algunas anécdotas lo definen. Por ejemplo, cuando volvió a Chile después de la última guerra, ya viejo y cercano a su fin, le mostraba a todo el mundo un teléfono oxidado y decía:

—Yo personalmente se lo arrebaté a Hitler. Era el teléfono favorito del Führer.

Una vez le mostraron una mala escultura académica y dijo:

—Que horror! Es todavía peor que las de Miguel Ángel.

También vale la pena contar una aventura estupenda que protagonizó en París, en 1919. Huidobro publicó un folleto titulado *Finis Britannia*, en el cual pronosticaba el derrumbamiento inmediato del imperio británico. Como nadie se enteró de su profecía, el poeta optó por desaparecer. La prensa se ocupó del caso: "Diplomático chileno misteriosamente secuestrado". Algunos días después apareció tendido a la puerta de su casa.

—Boy-scouts ingleses me tenían secuestrado —declaró a la policía—. Me mantuvieron amarrado a una columna, en un subterráneo. Me obligaron a gritar un millar de veces: "Viva el Imperio Británico!"

Luego se volvió a desmayar. Pero la policía examinó un paquetito que llevaba bajo el brazo. Era un pijama nuevo, comprado tres días antes en una buena tienda de París por el propio Huidobro. Todo se descubrió. Pero Huidobro perdió un amigo. El pintor Juan Gris, que había creído a pie juntillas en el secuestro y sufrido horrores por el atropello imperialista al poeta chileno, no le perdonó jamás aquella mentira.

Huidobro es un poeta de cristal. Su obra brilla por todas partes y tiene una alegría fascinadora. En toda su poesía hay un resplandor europeo que él cristaliza y desgrana con un juego pleno de gracia e inteligencia.

Lo que más me sorprende en su obra releída es su diafanidad. Este poeta literario que siguió todas las modas de una época enmarañada y que se propuso desoír la solemnidad de la naturaleza, deja fluir a través de su poesía un constante canto de agua, un rumor de aire y hojas y una grave humanidad que se apodera por completo de sus penúltimos y últimos poemas.

Desde los encantadores artificios de su poesía afrancesada hasta las poderosas fuerzas de sus versos fundamentales, hay en Huidobro una lucha entre el juego y el fuego, entre la evasión y la inmolación. Esta lucha constituye un espectáculo; se realiza a plena luz y casi a plena conciencia, con una claridad deslumbradora.

No hay duda que hemos vivido alejados de su obra por un prejuicio de sobriedad. Coincidimos que el peor enemigo de Vicente Huidobro fue Vicente Huidobro. La muerte apagó su existencia contradictoria e irreductiblemente juguetona. La muerte corrió un velo sobre su vida mortal, pero levantó otro velo que dejó para siempre al descubierto su deslumbrante calidad. Yo he propuesto un monumento para él, junto a Rubén Darío. Pero nuestros gobiernos son parcos en erigir estatuas a los creadores, como son pródigos en monumentos sin sentido.

No podríamos pensar en Huidobro como un protagonista político a pesar de sus veloces incursiones en el predio revolucionario. Tuvo hacia las ideas inconsecuencias de niño mimado. Mas todo eso quedó atrás, en la polvareda, y seriamos inconsecuentes nosotros mismos si nos pusiéramos a clavarle alfileres a riesgo de menoscabar sus alas. Diremos, más bien, que sus poemas a la Revolución de Octubre y a la muerte de Lenin son contribución fundamental de Huidobro al despertar humano.

Huidobro murió en el año 1948, en Cartagena, cerca de Isla Negra, no sin antes haber escrito algunos de los más desgarradores y serios poemas que me ha tocado leer en mi vida. Poco antes de morir visitó mi casa de Isla Negra, acompañando a Gonzalo Losada, mi buen amigo y editor. Huidobro y yo hablamos como poetas, como chilenos y como amigos.

XVII

Prosa dispersa

Viaje al corazón de Quevedo

En el fondo del pozo de la historia, como un agua más sonora y brillante, brillan los ojos de los poetas muertos. Tierra, pueblo y poesía son una misma entidad encadenada por subterráneos misteriosos. Cuando la tierra florece, el pueblo respira la libertad, los poetas cantan y muestran el camino. Cuando la tiranía oscurece la tierra y castiga las espaldas del pueblo, antes que nada se busca la voz más alta, y cae la cabeza de un poeta al fondo del pozo de la historia. La tiranía corta la cabeza que canta, pero la voz en el fondo del pozo vuelve a los manantiales secretos de la tierra y desde la oscuridad sube por la boca del pueblo.

Éste es un viaje al fondo del pozo de la historia. Nos dirigimos a un territorio oscurecido, a un camino en que las hojas de los árboles permanecen quemadas desde hace siglos, y en que las interrogaciones se refieren a un infierno terrestre, arrasado por la angustia humana.

Voy a hablaros de un poeta y de su prolongación en otros, voy a hablaros de un hombre y sus preguntas, de sus martirios y su lucha, y veréis cómo aparecen en el tiempo, otros dolores, otras luchas, otra poesía y otras afirmaciones. Los hombres de quienes hablaré pasaron la vida clamando a la tierra, bajando la mirada a las profundidades del hombre y de la vida, buscando desesperadamente un cielo más posible, quemándose los ojos en la contemplación humana, en la desesperación celestial.

Éste es un viaje al fondo escondido que mañana se levantará viviente. Éste es un viaje al polvo. Al polvo enamorado que mañana volverá a vivir.

Y os traigo conmigo en este viaje a un hombre turbulento y temible como don Francisco de Quevedo y Villegas, a quien también considero como el más grande de los poetas espirituales de todos los tiempos. Se hace patente en él, como en tantos otros de los grandes hombres, este hecho nunca demasiado insistido. Quevedo es azotado por la racha crítica de su tiempo: es azotado y sacudido como una caña, pero la caña no se rompe. Es una caña que canta. La mantiene levantada como una flecha y agachada como una azada toda la vida material de su tiempo. Están en Quevedo, como en una bodega inmensa, como en la bodega de un inmenso vestuario de teatro, todos los trajes abandonados de una época. Está allí el traje del noble duque y del bufón miserable, el traje del rey patético, del rico abusador y el rostro innumerable de la muchedumbre hambrienta que más tarde se llamará "el pueblo". Las casacas bordadas de los príncipes yacen junto a la ropa marchita de las meretrices, los zapatos del buscavida, del avaro, del pretencioso, del pícaro, se confunden con las reliquias de los más ingenuos campesinos.

Pero, por una ventana entra el color azul del conocimiento y he aquí que toda esta multitud grosera y lujosa, palpitante y bestial, recibe el rayo que sigue brotando aún del corazón del caballero.

Todo queda viviendo entonces en ese seco recinto, todo, todas las ideas materiales de su época. La crítica estalla por todas partes como un metal hirviente. El caballero del conocimiento, el terrible señor de la poesía con su mano izquierda ha creado el polvoriento museo de vestuarios olvidados y con su mano derecha mantiene todavía el taladro viviente de la creación y de la destrucción.

No he de callar por más que con el dedo
ya tocando la boca, ya la frente.
Silencio avises, o amenaces miedo.

¿No ha de hablar un espíritu valiente?
¿Siempre se ha de sentir lo que se dice?
¿Nunca se ha de decir lo que se siente?

Hoy sin miedo que libre escandalice
puede hablar el ingenio, asegurado
de que mayor poder te atemorice.

En otros siglos, pudo ser pecado
severo estudio y la verdad desnuda
y romper el silencio, el bien hablado.

Pues sepa quien lo niega y quien lo duda
que es lengua la verdad de Dios severo
y la lengua de Dios nunca fue muda.

Nada dejó de ver en su siglo don Francisco de Quevedo. Nunca dejó de ver ni de noche ni de día, ni en invierno ni en verano, y no cegó sus ojos de taladro frío el poderoso, ni le engañaron el mercenario ni el charlatán de oficio.

Martí nos ha dejado dicho de Quevedo: "Ahondó tanto en lo que venía, que los que hoy vivimos con su lengua hablamos".

Con su lengua hablamos... A qué se refiere aquí Martí? A esa su calidad de padre del idioma que, como en el caso de Rubén Darío, a quien pasaremos la mitad de la vida negando para comprender después que sin él no hablaríamos nuestra propia lengua, es decir, que sin él hablaríamos aún un lenguaje endurecido, acartonado y desabrido? Pero no me parece ser éste el caso. La innovación formal es más grande en un Góngora, la gracia es más infinita en un Juan de la Cruz, la dulzura es agua y fruta en Garcilaso. Y continuando, la amargura es más grande en Baudelaire, la videncia es más sobrenatural en Rimbaud, pero más que en ellos todos, en Quevedo la grandeza es más grande.

Hablo de una grandeza humana, no de la grandeza del sortilegio, ni de la magia, ni del mal, ni de la palabra: hablo de una poesía que, nutrida de todas las substancias del ser, se levanta como árbol grandioso que la tempestad del tiempo no doblega y que, por el contrario, lo hace esparcir alrededor el tesoro de sus semillas insurgentes. A mí me hizo la vida recorrer los más lejanos sitios del mundo, antes de llegar al que debió ser mi punto de partida: España. Y en la vida de mi poesía, en mi pequeña historia de poeta, me tocó conocerlo casi todo antes de llegar a Quevedo.

Así también, cuando pisé España, cuando puse los pies en las piedras polvorientas de sus pueblos dispersos, cuando me cayó en la frente y en el alma la sangre de sus heridas, me di cuenta de una parte original de mi existencia, de una base roquera donde está temblando aún la cuna de la sangre.

Nuestras praderas, nuestros volcanes, nuestra frente abrumada por tanto esplendor volcánico y fluvial, pudieron hace ya tiempo construir en esta desértica fortaleza el arma de fuego capaz de horadar la noche. Hasta hoy, de los genios poéticos nacidos en nuestra tierra virginal, dos son franceses y dos son afrancesados. Hablo de los uruguayos Julio Laforgue e Isidoro Ducasse, y de Rubén Darío y Julio Herrera y Reissig. Nuestros dos primeros compatriotas, Isidoro Ducasse y Julio Laforgue, abandonan América a corta edad de

ellos y de América. Dejan desamparado el vasto territorio vital que en vez de procrearlos con torbellinos de
papel y con ilusiones caninas, los levanta y los llena
del soplo masculino y terrible que produce en nuestro
continente, con la misma sinrazón y el mismo des-
equilibrio, el hocico sangriento del puma, el caimán
devorador y destructor y la pampa llena de trigo para
que la humanidad entera no olvide, a través de nosotros, su comienzo, su origen.

América llena, a través de Laforgue y de Ducasse,
las calles enrarecidas de Europa con una flora ardiente
y helada, con unos fantasmas que desde entonces la
poblarán para siempre. El payaso lunático de Laforgue
no ha recibido la luna inmensa de las pampas en vano;
su resplandor lunar es mayor que la vieja luna de todos los siglos: la luna apostrofada, virulenta y amarilla
de Europa. Para sacar a la luz de la noche una luz tan
lunar, se necesitaba haberla recibido en una tierra resplandeciente de astros recién creados, de planeta en
formación, con estepas llenas aún de rocío salvaje.
Isidoro Ducasse, conde de Lautréamont, es americano,
uruguayo, chileno, colombiano, nuestro. Pariente de
gauchos, de cazadores de cabezas del Caribe remoto, es
un héroe sanguinario de la tenebrosa profundidad de
nuestra América. Corren en su desértica literatura los
caballistas machos, los colonos del Uruguay, de la Pata-
gonia, de Colombia. Hay en él un ambiente geográfico
de exploración gigantesca y una fosforescencia marítima que no la da el Sena, sino la flora torrencial del
Amazonas y el abstracto nitrato, el cobre longitudinal,
el oro agresivo y las corrientes activas y caóticas que
tiñen la tierra y el mar de nuestro planeta americano.

Pero a lo americano no estorba lo español, porque
a la tierra no estorba la piedra ni la vegetación. De la

piedra española, de los aledaños gastados por las pisadas de un mundo tan nuestro como el nuestro, tan
puro como nuestra pureza, tan original como nuestro
origen, tenía que salir el caudaloso camino del descu-
brimiento y de la conquista. Pero, si España ha olvidado con elegancia inmemorial su epopeya de conquista,
América olvidó y le enseñaron a olvidar su conquista
de España, la conquista de su herencia cultural. Pasaron las semanas, y los años endurecieron el hielo y
cerraron las puertas del camino duro que nos unía a
nuestra madre.

Y yo venía de una atmósfera cargada de aroma,
inundada por nuestros despiadados ríos. Hasta entonces viví sujeto por el tenebroso poder de grandes selvas: la madera nueva, recién cortada, había traspasado
mi ropa; estaba acostumbrado a las riberas inmensamente pobladas de pájaros y vapor donde, en el fondo,
entre las conflagraciones de agua y lodo, se oyen cha-
potear pequeñas embarcaciones selváticas. Pasé por
estaciones en que la madera recién llegaba de los bosques, precipitada desde las riberas de ríos rápidos y
torrenciales, y en las provincias tropicales de América,
junto a los plátanos amontonados y su olor decadente,
vi atravesar de noche las columnas de mariposas, las
divisiones de luciérnagas y el paso desamparado de los
hombres.

Quevedo fue para mí la roca tumultuosamente cortada, la superficie sobresaliente y cortante sobre un
fondo de color de arena, sobre un paisaje histórico que
recién me comenzaba a nutrir. Los mismos oscuros
dolores que quise vanamente formular, y que tal vez se
hicieron en mí extensión y geografía, confusión de
origen, palpitación vital para nacer, los encontré detrás de España, plateada por los siglos, en lo íntimo de

la estructura de Quevedo. Fue entonces mi padre mayor y mi visitador de España. Vi a través de su espectro
la grave osamenta, la muerte física, tan arraigada a
España. Este gran contemplador de osarios me mostraba lo sepulcral, abriéndose paso entre la materia muerta, con un desprecio imperecedero por lo falso, hasta
en la muerte. Le estorbaba el aparato de lo mortal: iba
en la muerte derecho a nuestra consumación, a lo que
llamó con palabras únicas "la agricultura de la muerte". Pero cuanto le rodeaba, la necrología adorativa, la
pompa y el sepulturero fueron sus repugnantes enemigos. Fue sacando ropaje de los vivos, su obra fue retirar
caretas de los altos enmascarados, para preparar al
hombre a la muerte desnuda, donde las apariencias
humanas serán más inútiles que la cáscara del fruto
caído. Sólo la semilla vuelve a la tierra con el derecho
de su desnudez original.

Por eso para Quevedo la metafísica es inmensamente
física, lo más material de su enseñanza. Hay una sola
enfermedad que mata, y ésa es la vida. Hay un solo paso,
y es el camino hacia la muerte. Hay una manera sola de
gasto y de mortaja, es el paso arrastrador del tiempo que
nos conduce. Nos conduce adonde? Si al nacer empe-
zamos a morir, si cada día nos acerca a un límite determinado, si la vida misma es una etapa patética de la
muerte, si el mismo minuto de brotar avanza hacia el
desgaste del cual la hora final es sólo la culminación de
ese transcurrir, no integramos la muerte en nuestra cuoti-
diana existencia, no somos parte perpetua de la muerte,
no somos lo más audaz, lo que ya salió de la muerte? No
es lo más mortal, lo más viviente, por su mismo misterio?

Por eso, en tanta región incierta, Quevedo me dio a
mí una enseñanza clara y biológica. No es el transcurri-
remos en vano, no es el Eclesiastés ni el Kempis, adornos

de la necrología, sino la llave adelantada de las vidas. Si ya hemos muerto, si venimos de la profunda crisis, perderemos el temor a la muerte. Si el paso más grande de la muerte es el nacer, el paso menor de la vida es el morir.

Por eso la vida se acrecienta en la doctrina quevedesca como yo lo he experimentado, porque Quevedo ha sido para mí no una lectura sino una experiencia viva, con toda la rumorosa materia de la vida. Así tienen en él su explicación la abeja, la construcción del topo, los recónditos misterios florales. Todos han pasado la etapa oscura de la muerte, todos se van gastando hasta el final, hasta el aniquilamiento puro de la materia. Tiene su explicación el hombre y su borrasca, la lucha de su pensamiento, la errante habitación de los seres.

La borrascosa vida de Quevedo, no es un ejemplo de comprensión de la vida y sus deberes de lucha? No hay acontecimiento de su época que no lleve algo de su fuego activo. Lo conocen todas las Embajadas y él conoce todas las miserias. Lo conocen todas las prisiones, y él conoce todo el esplendor. No hay nada que escape a su herejía en movimiento: ni los descubrimientos geográficos, ni la búsqueda de la verdad. Pero donde ataca con lanza y con linterna es en la gran altura. Quevedo es el enemigo viviente del linaje gubernamental. Quevedo es el más popular de todos los escritores de España, más popular que Cervantes, más indiscreto que Mateo Alemán. Cervantes saca de lo limitado humano toda su perspectiva grandiosa, Quevedo viene de la interrogación agorera, de descifrar los más oscuros estados, y su lenguaje popular está impregnado de su saber político y de su sabiduría doctrinaria. Lejos de mí pretender estas rivalidades en el cauce apagado de las horas. Pero cuando a través de mi viaje, recién iluminado por la oscura fosforescencia del océano, llegué a Quevedo, desembarqué en Quevedo, fui recorriendo esas costas substanciales de España hasta conocer su abstracción y su páramo, su racimo y su altura, y escoger lo determinativo que me esperaba.

Me fue dado a conocer a través de galerías subterráneas de muertos las nuevas germinaciones, lo espontáneo de la avena, lo soterrado de sus nuevas viñas, y las nuevas cristalinas campanas. Cristalinas campanas de España, que me llamaban desde ultramar, para dominar en mí lo insaciable, para descarnar los límites territoriales del espíritu, para mostrarme la base secreta y dura del conocimiento. Campanas de Quevedo levemente teñidas por funerales y carnavales de antiguo tiempo, interrogación esencial, caminos populares con vaqueros y mendigos, con príncipes absolutistas y con la verdad harapienta cerca del mercado. Campanas de España vieja y Quevedo inmortal, donde pude reunir mi escuela de sollozos, mis adioses a través de los ríos a unas cuantas páginas de piedra en donde estaba ya determinado mi pensamiento.

Los martirios de Quevedo, sus prisiones y sus duelos no inauguran, pero sí continúan la persecución a la inteligencia humana en que el hombre se ha adiestrado desde siglos y que ha culminado en nuestros últimos desgarradores años. Pero en Quevedo la cárcel aumenta el espacio material de su poesía, llevándola hasta el ámbito más inmenso, sin romper la corriente fluvial de su pensamiento. Su poder sobrenatural de resistencia lo hace levantarse sobre sus dolores, y sus mismos lamentos parecen maldiciones, y actuales maldiciones:

Dice en una de sus últimas cartas, desde la prisión:

"Si mis enemigos tienen rencor, yo tengo paciencia. El ánimo, que está fuera de la jurisdicción de cerraderas y candados, se destaca desde la tierra al cielo y va y viene descansando de jornadas inmensas".

Pero el horror de su vida a veces le desangra:

"Un año y diez meses ha que se ejecutó mi prisión a 7 de diciembre, víspera de la Concepción de Nuestra Señora, a las diez y media de la noche. Fui traído en el rigor del invierno, y sin una camisa, de sesenta y un años, a este Convento Real de San Marcos de León, donde he estado todo este tiempo en rigurosísima prisión, enfermo con tres heridas, que con los fríos y la vecindad de un río que tengo a la cabecera, se me han cancerado, y por falta de cirujano, no sin piedad me las han visto cauterizar por mis propias manos, tan pobre, que de limosna me han abrigado y entretenido la vida. El horror de mis trabajos ha espantado a todos..."

"El horror de mis trabajos..." El poeta, grande entre los grandes, pagaba así su gran poesía, su inmersión en la vida de los hombres, en la política de su tiempo. Él levantó látigos sobre la corrupción de tiranuelos, cortesanos y príncipes, y entre la abismática ciencia de su palabra metafísica no olvida nunca sus deberes esenciales y contemporáneos. Agarra con brazo poderoso las substancias estelares de la noche y el tiempo, y con su otro brazo marca la frente altanera de la maldad. Por eso el abrazo de Quevedo con la tierra nos estremece aún, con las posibilidades de su grandiosa herencia de estrellas y espigas torrenciales.

Quienes más tarde recogieron las granadas azules de curiosidad, de magnificencia y de castigo que Quevedo abrió para los siglos, tocaron también al conquistar su linaje, las heridas de la persecución y la muerte. El brillo de las sortijas vitales en las manos del poeta, el fulgor de los relámpagos en su cabellera hace temblar a los tiranos y decretar el padecimiento.

No vemos en un gran poeta y escritor quevedesco, en Federico García Lorca, a cuya gracia del Sur marítimo y arábico caen las gotas mortales del alma de Quevedo, no lo vemos padecer y morir por haber recogido las semillas de la luz?

Cuando estalla la insurrección fascista, Federico vio en Granada, antes de morir, una visión terrible, quevediana, del Infierno. Su cuñado, el señor Montesinos, era alcalde de Granada. La misma mañana de la sublevación fue fusilado a tiros en su Alcaldía, fue amarrado su cadáver de los pies a la trasera de un automóvil y fue arrastrado así por las calles de Granada. Posiblemente, Federico, abrazado a su hermana y a su madre, vio desde los balcones de su casa cruzar el torbellino que arrastraba en verdad el cadáver de España.

Desde entonces no sabemos nada sino su propia muerte, el crimen por el que Granada vuelve a la Historia con un pabellón negro que se divisa desde todos los puntos del planeta.

El otro quevediano, el pensativo, el reconcentrado cantor de Castilla, ensimismado en su melancolía, en la visión del paisaje roqueño de Castilla, el grande don Antonio Machado, alcanza a abrir los ojos antes de ser exterminado, y más allá de las colinas quemadas y la extensión terrenal alcanza a ver por única vez, pero de

manera profunda, los rostros ardientes y los fusiles de
su pueblo. Y antes de morir se convierte en lo sagrado
de esta época, en el grande y venerable árbol de la
poesía española, a cuya sombra canta y combate y se
desangra la libertad humana.

Pero, como Quevedo, paga con sangre su elevación
hacia el pueblo. No habéis pensado alguna vez en los
últimos días de Machado? Tal vez sólo en la Biblia
encontramos tanto dolor acumulado y tanta serenidad
augusta. Machado, se une a su pueblo que abandona
España derrotada y hace el terrible camino hacia los
Pirineos entre los cientos de miles de civiles fugitivos,
en el más grande éxodo de la historia, con frío y hambre, y ametrallados desde el aire por los "defensores de
la civilización occidental". Sosteniendo a su anciana
madre y a sus dos hermanos, viajando a pie o en camio-
nes apretados hasta la asfixia por la cantidad de seres
que había que recoger, llega Machado, sin quebrarse su
espíritu, hasta la frontera francesa. Es siempre el primero
en acallar las voces que protestan, el último en quejarse.
Pero, casi apenas llegado a un pequeño pueblo, no se
levantan más de la cama ni su madre ni él. Muere primero don Antonio, y en su agonía pide que no se comu-
nique su muerte a su madre. Su madre dura pocos días
más.

La mitad de España les faltaba bajo el alma. España,
la antigua, la dinástica, la sangrienta, la inquisitorial,
cubría con una mancha de sangre el territorio. La España refulgente desaparecía y se abría de nuevo la cárcel de Quevedo.

"Miré los muros de la patria mía..."

Pero aún quedaba un quevedesco, un gran poeta dentro de la España encadenada. Veamos ahora su vida, su martirio y su muerte.

En un fuerte verano seco de Madrid, del Madrid anterior a la guerra, me encontré por primera vez con Miguel Hernández. Lo vi de inmediato como parte dura y permanente de nuestra gran poesía. Siempre pensé que a él correspondería, alguna vez, decir junto a mis huesos algunas de sus violentas y profundas palabras.

En aquellos días secos de Madrid llegaba hasta mi casa cada día, a conversarme de sus recuerdos y de sus futuros, llegaba a mostrarme el fuego constante de su poesía que lo iba quemando por dentro hasta hacer madurar sus frutos más secretos, hasta hacerle derramar estrellas y centellas.

Había recién dejado de ser pastor de cabras de Orihuela y venía todo perfumado por el azahar, por la tierra y por el estiércol. Se le derramaba la poesía como de las ubres demasiado llenas cae a gotas la leche. Me contaba que en las largas siestas de su pastoreo ponía el oído sobre el vientre de las cabras paridas y me decía cómo podía escucharse el rumor de la leche que llegaba a las tetas, y andando conmigo por las noches de Madrid, con una agilidad increíble, se subía a los árboles, pasando con rapidez de los troncos a las ramas, para silbar desde las hojas más altas, imitando para mí el canto del ruiseñor. El canto de los ruiseñores levantinos, sus torres de sonido levantadas entre la oscuridad y los azahares, eran recuerdo obsesivo, apretado a sus orejas, y eran parte del material de su sangre, de su alma de barro y de sonido, de su poesía terrenal y silvestre, en la que se juntan todos los excesos del color, del perfume y del sonido del levante español, con la abundancia y la fragancia de una poderosa y masculina juventud.

Su rostro era el rostro de España. Cortado por la luz, arrugado como una sementera, con algo rotundo de pan y de tierra. Sus ojos quemantes eran, dentro de esa superficie quemada y endurecida al viento, como dos rayos de fuerza y de ternura.

No puede escapárseme de las raíces del corazón su recuerdo que está agarrado con la misma firmeza con que las raíces agarran los terrones de la noble tierra del fondo. Los elementos mismos de mi poesía y de mi vida vi salir de nuevo en sus palabras, pero alterados por una nueva magnitud, por un resplandor salvaje, por el milagro de la sangre vieja transformada en un hijo. En mis años de poeta, y de poeta errante, puedo decir que la vida no me ha dado contemplar un fenómeno igual de vocación y de eléctrica sabiduría verbal.

Junto a la cristalina, firme y aérea estructura de Rafael Alberti juzgo a estos tres poetas asesinados, Antonio Machado, Federico García Lorca y Miguel Hernández, como las tres columnas sobre las que descansaban la bóveda material y aérea de la poesía hispánica peninsular: Machado, la encina clásica y espaciosa que guardaba en su atmósfera y en su majestuosa severidad la continuación y la tradición de nuestro lenguaje en sus esencias más entrañables, Federico era el torrente de aguas y palomas que se levanta del lenguaje para llevar las semillas de lo desconocido a todas las fronteras humanas, Miguel Hernández, poeta de abundancia increíble, de fuerza celestial y genital, era el corazón heredero de estos dos ríos de hierro: la tradición y la revolución. Por aquellos años recientes, y tan lejanos, tenía un carácter de niño, de hijo de los campos. Recuerdo que, llevado por mi exigencia para que no volviera a Orihuela, hice mover influencias para obtenerle una colocación en Madrid. Acosado por nuestras peticiones, el vizconde de Mamblas, Jefe de Relaciones Culturales en el Ministerio de Estado, pudo decirnos que sí, que daría una colocación a Miguel Hernández, pero que éste dijera qué es lo que quería hacer. Nunca olvidaré cuando llegó a mi casa aquel día y yo alborozado le comuniqué la buena noticia. "Decídete, le dije, y dime de inmediato qué quieres pedir para que te hagan el nombramiento". Entonces, Miguel, muy azorado, me respondió: "No me podrían dar un rebaño de cabras cerca de Madrid?"

En 1939 concurrí al Ministerio de Relaciones Exteriores de mi país, en Santiago de Chile. Nos llegaban a América los rumores increíbles de una revuelta militar y de la entrega de Madrid. Obtuve del Ministerio de Relaciones que ofreciera asilo en nuestra Embajada en Madrid a los intelectuales españoles. Así pudimos salvar algunas vidas.

Miguel Hernández no quiso aceptar este asilo. Creyó que podría seguir combatiendo. Entraban ya los fascistas en la capital española cuando él salía a pie hacia Alicante. Llegaba tarde. Estaba encerrado. Volvió como pudo a Madrid, desesperado y despedazado.

Ya la Embajada no quiso recibirlo. La Falange Española cuidaba las puertas para que no entrara ningún español, para que no se salvara ningún republicano en el sitio que albergó durante toda la guerra a más de 4.000 franquistas.

Miguel Hernández fue detenido y poco después condenado a muerte. Yo estaba otra vez en mi puesto en París, organizando la primera expedición de españoles a Chile. Me alcanzó a llegar su grito de angustia. En una comida del Pen Club de Francia tuve la dicha de encontrarme con la escritora María Anna Comnene. Ella escuchó la historia desgarradora de Miguel Hernández que llevaba como un nudo en el corazón. Hicimos un plan y pensamos apelar al viejo cardenal francés monseñor Baudrillart.

El cardenal Baudrillart tenía ya más de 80 años y estaba enteramente ciego. Pero le hicimos leer fragmentos de la época católica del poeta que iba a ser fusilado.

Esa lectura tuvo efectos impresionantes sobre el viejo cardenal, que escribió a Franco unas cuantas conmovedoras líneas.

Se produjo el milagro y Miguel Hernández fue puesto en libertad.

Entonces recibí su última carta. Me la escribió desde la Embajada de mi país para darme las gracias. "Me marcho a Chile, me decía. Voy a buscar a mi mujer a Orihuela". Allí lo detuvieron de nuevo y esta vez no lo soltaron. Ya no pudimos intervenir por él.

Allí murió hace pocos meses, allí quedó apagado el nuevo rayo de la poesía española. Pero no cesa de derramar dulzura su radiante poesía, y su muerte no me deja secar los ojos que le conocieron.

A través de siglos se pone la luna y la muerte por tierras de España. Una pequeña fosa junto a otra se aprietan bajo la tierra y la endurecen. El tiempo ha pulido las colinas hasta dejarlas convertidas en altillos de huesos, y la luna pasea sobre las altas piedras antiguas su mirada amarilla.

Entonces se apartan puertas secretas, y donde una luz de estrella ha caído, en medio del más ínfimo rumor de la ortiga de los cardos sacudidos, como si se quebrara una ala de torcaza, se abre el recinto de los poetas enterrados entre las infinitas tumbas de España.

Están todos en el mismo sitio, porque a través de la tierra han caído a lo más hondo, al precipicio interno de donde sale la fertilidad, a la honda sima donde rodó toda la sangre.

Quevedo es allí el inmenso búho, el que sabe las últimas noticias del desastre, el que oye las profundas campanas peninsulares, el que tocó a través de las raíces los corazones más minerales, los corazones endurecidos por el padecimiento. Siempre fue Quevedo el sabio subterráneo, el explorador de tanto laberinto que se impregnó de luz hasta darla para siempre en las tinieblas. Junto a él, al padre profundo, Machado y Federico son como hijos esenciales todavía revestidos de silencio. Miguel recién ha llegado a la hondura desde sus combates.

Están despiertos para que la palabra no muera. Abren la puerta terrestre hacia la intemperie. Nadie puede verlos por la oscura noche española, en el sitio más remoto del azahar que cantaron, lejos del ruiseñor que han adorado, fuera de los ríos y de sus márgenes que guardan aún la huella de las ninfas. Ellos sólo escuchan la tiniebla, ellos sólo avanzan sobre lo destruido, ellos miran las más escondidas lágrimas de Europa.

Ellos agitan no sólo el cardo y la ortiga que les rodean, ellos preservan no sólo la piedra que les pesa, sino un material purísimo, las alas fantasmales de lo que ha de revivir. Ellos anotan en su libro irresistible cuanto de maléfico o maldito se va cumpliendo, cómo se estiran las largas horas de la desdicha, cómo se acerca la campana que ha de romper el cielo.

Ellos viven a través del silencio y ellos continúan la vida. Aun los más crueles y desenfrenados, los que derramaron la sangre para llegar al sitio del poder, serán fantasmas, serán muertos abominables oscurecidos por el horror. Pero los poetas son de tal manera materiales, más que el aluminio y la uva, más que la propia tierra, que atraviesan los años del pavor y son para su pueblo fuente escondida de esperanza y ternura. Viven más abajo que todas las páginas, más altos que las bibliotecas, menos herméticos a través de la muerte, soltando cada vez más esenciales raíces en la profundidad, raíces que van subiendo hacia la superficie y ascendiendo a través de los hombres para mantener las luchas y la continuidad del ser.

Así, pues, materia, substancia material de España, de la eternidad de España, es Francisco de Quevedo.

Quiero que veáis, con el respeto que yo siento hacia su augusta sombra, el duelo inacabable, su combate de amor y de pasión con la vida y su resistencia hacia la seducción de la muerte. A veces la pasión lo hunde en la tierra, lo hace más poderoso que la misma muerte y a veces la muerte de todas las cosas invade su loco territorio de pasiones carnales. Sólo un poeta tan carnal pudo llegar a tal visión espectral del fin de la vida. No hay en la historia de nuestro idioma un debate lírico de tanta exasperada magnitud entre la tierra y el cielo.

Si hija de mi amor mi muerte fuese,
¡Qué parto tan dichoso que sería
El de mi amor contra la vida mía!
¡Qué gloria que el morir de amar naciese!
Llevaría yo el alma, a donde fuese
el fuego en que me abraso; y guardaría
su llama fiel con la ceniza fría.
En el mismo sepulcro en que durmiese.

Desotra parte de la muerte dura
vivirán en mi sombra mis cuidados.

"Desotra parte de la muerte dura..."
Pero, es posible? Quién puede de verdad intentar esta terrible empresa? A quién puede la muerte conceder después de la partida toda la potencia del amor? Sólo a Quevedo. Y este soneto es la única flecha, el único taladro que hasta hoy ha horadado la muerte, tirando una espiral de fuego a las tinieblas:

Cerrar podrá mis ojos la postrera
sombra, que me llevare el blanco día;
y podrá desatar esta alma mía
hora a su afán ansioso lisonjera;
mas no desotra parte en la ribera
dexará la memoria, en donde ardía:
nadar sabe mi llama la agua fría,
y perder el respeto a ley severa.
Alma a quien todo un Dios prisión ha sido:
venas que humor a tanto fuego han dado;
médulas que han gloriosamente ardido;
su cuerpo dexarán, no su cuidado:
serán ceniza, mas tendrá sentido:
polvo serán, mas polvo enamorado.

"Polvo serán, mas polvo enamorado..."

Jamás el grito del hombre alcanzó más altanera insurrección: nunca en nuestro idioma alcanzó la palabra a acumular pólvora tan desbordante.

Polvo serán, mas polvo enamorado... Está en este verso el eterno retorno, la perpetua resurrección del amor.

Polvo seré, mas polvo enamorado... No son Luzbel ni Prometeo, ni los arcángeles de alas exterminadoras. Es la materia humana que, basándose en su propia composición mortal, se sobrepone por primera vez a la destrucción final del ser y de las cosas.

Ése es el Quevedo terrorífico de fuerzas naturales. Pero hay también el Quevedo de la contricción, de la amargura y de la fatiga.

> *Miré los muros de la patria mía,*
> *si un tiempo fuertes, ya desmoronados,*
> *de la carrera de la edad cansados,*
> *por quien caduca ya su valentía.*
> *Salíme al campo; vi que el sol bebía*
> *los arroyos del hielo desatados;*
> *y del monte quejosos los ganados,*
> *que con sombras hurtó su luz al día.*
> *Entré en mi casa; vi que amancillada*
> *de anciana habitación era despojos,*
> *mi báculo más corvo, y menos fuerte.*
> *Vencida de la edad sentí mi espada:*
> *y no hallé cosa en qué poner los ojos,*
> *que no fuese recuerdo de la muerte.*

Ésta es la amarga fotografía no sólo del estado de un hombre sino del estado de una nación desventurada.

Ha muerto el fuego de los hogares, los labriegos duermen por los caminos, perseguidos por el frío y por el hambre. Las iglesias se llenan de armas, los clérigos acompañan al guerrero, los huesos de la guerra blanquean sobre la tierra parda.

Pero de su debilidad sale otra vez su fortaleza de vidente y esa España desmantelada y deshecha de su tiempo, vuelve a ser el retrato de una España de ahora. La tierra se blanquea de nuevo con huesos de soldados y poetas, los muros carcelarios se pudren otra vez por el llanto del hombre.

El gran testigo sigue mirando, más allá de los muros, más allá de los tiempos. Y así es el testimonio irreductible que estas grandes presencias, estos grandes testigos dejan, como organismos, con tanto hierro y tanto fuego, que pueden resistir la trepidación y el silencio de las edades.

Poco antes de morir Federico García Lorca, me contaba que en una de sus peregrinaciones, en que el gran poeta conducía un pequeño teatro de estudiantes a través de los apartados pueblos de España, llegó a una pequeña aldea y frente a la iglesia detuvo el gran carro de "La Barraca" y comenzó a montar su escenario.

Por no haber nada que mirar en el pueblo, Federico dirigió sus pasos hacia la iglesia y entró en su nave oscurecida. Comenzaba a atardecer...

Algunas viejas tumbas junto a las paredes antiguas, mostraban aún sobre las piedras las letras cinceladas de españoles muertos de otro tiempo.

Federico se acercó a una de ellas y comenzó con difícultad a deletrear un nombre: "Aquí yace —decía la lápida— don Francisco —Federico, no con emoción, sino con algo como terror, siguió leyendo— ...de Quevedo y Villegas, Caballero de la Orden de Santiago, Patrono de la Villa de San Antonio Abad..."

No cabía duda, el más grande de los poetas, el rayo terrible, desatado, con toda su pasión y su inteligencia y su trágica concepción gloriosa de la vida y de la muerte, yacía ya olvidado para siempre, en una olvidada iglesia de un olvidado pueblo. El rebelde descansaba y el olvido y la noche de España lo cubrían. Había entrado en lo que él llamara la agricultura de la muerte. El desdén y el desprecio con que él trató a su época, se vengaban de él. Dejando su nombre radiante y turbulento sepultado bajo unas pobres piedras gastadas. Fue tal su emoción, me contaba Federico, que, turbado, desorientado, confuso y entristecido, volvió hacia los muchachos de "La Barraca" y ordenó embarcar de nuevo el tinglado y continuar el camino de Castilla. Allí quedaba:

> *aquél quien todo un Dios prisión ha sido,*
> *aquellas venas que humor a tanto fuego dieron,*
> *aquellas médulas que gloriosamente ardieron...*

Pero yo os lo repito, al final de este viaje al corazón de Quevedo, porque fértil es la vida, imperecedera la poesía, inevitable la justicia y porque la tierra de España no es sólo tierra sino pueblo, yo os digo a través de aquellas bocas que continúan cantando:

> *Su cuerpo dejarán, no su cuidado,*
> *serán cenizas, mas tendrá sentido,*
> *polvo serán, mas polvo enamorado.*

1943

Publicado en *Viajes*, Ed. Nascimento, Santiago de Chile, 1947.

LOS SONETOS DE LA MUERTE

Anoche con los primeros regalos, me trajo Laura Rodig un tesoro que desenvolví con la emoción más intensa. Son los primeros borradores escritos con lápiz y llenos de correcciones de los "Sonetos de la Muerte" de Gabriela Mistral. Están escritos en 1914. El manuscrito tiene, aun entonces, las características de su poderosa caligrafía. Pienso que estos sonetos alcanzaron una altura de nieves eternas y una trepidación subterránea quevedesca.

Gabriela Mistral escribió en 1914, en Los Andes, los tres sonetos llamados de la muerte.

La magnitud de estos breves poemas no ha sido superada en nuestro idioma. Hay que caminar siglos de poesía. Remontarnos hasta el viejo Quevedo desengañado y áspero, para ver, tocar y sentir un lenguaje poético de tales dimensiones y dureza.

Es tal la fuerza torrencial de los "Sonetos de la Muerte" que fueron rebasando su propia historia, dejaron atrás el núcleo desgarrador de la intimidad y quedaron abiertos y desgranados, como nuevos acontecimientos en nuestra historia poética americana.

Tienen un sonido de aguas y piedras andinas. Sus estrofas iniciatorias avanzan como lava volcánica. Contenemos el aliento, va a pasar algo, y entonces se despeñan los tercetos.

Estos poemas son una afirmación de la vida. Imprecación, llamamiento, amor, venganza y alegría son las llamas que iluminan los sonetos. Quien los escribió conocía la tierra y sacó de la tierra su fuerte fecundidad.

Amasó la greda magnética del norte chileno y esa tierra lunaria se le quedó en los dedos. Allí se preservan con santa paciencia las semillas progenitoras, los desbordantes salitrales amenazan al musgo, las sequías matan mieses y reses. Mas el vino de los valles es dulce, cargado y ardiente. Como en los sonetos magistrales y en toda la poesía de Gabriela hay allí brusca piedra, terrenales, tajados, pobres espinos, sí, pero florece el minucioso huerto y arden en las bodegas las llamas esenciales de la vida.

Gabriela que tanto ha caminado, desconoce de pronto estos sonetos, que son, sin embargo, las tres puertas abrasadoras de su poesía y de su existencia. Después de cruzarlas puede pasear su claridad, sus misiones, su infatigable poderío de paz, por las fronteras más distantes.

Pero nosotros seguiremos reverenciando estos sonetos que se abrieron de pronto en la vida de la poesía como si golpes de viento hubieran hecho temblar la casa deshabitada y se hubiese instalado allí para siempre una presencia, una palabra verdadera.

Laura Rodig ha regalado a nuestra Fundación el tesoro de estos manuscritos que así pasan al patrimonio más preciado de la patria.

1954

Publicado en *Boletín de la Fundación Pablo Neruda*, Nº 1, Santiago de Chile, invierno de 1989.

NUESTRO GRAN HERMANO MAIAKOVSKI

No me declaro enemigo irreductible de las grandes discusiones, pero confieso que la discusión no es mi elemento: no nado en ella como el pato en el agua. Soy amigo apasionado de las discusiones literarias. La poesía es mi elemento.

Aunque sea difícil hablar de Maiakovski sin discutirlo, y aunque el gran poeta volaba en la discusión (porque de todas las plumas hay en el reino de la poesía) como un águila en el cielo, quiero hablar de Maiakovski con amor y sencillez, sin enzarzarme ni en su vida fecunda ni en su muerte desdichada.

Maiakovski es el primer poeta que incorpora al Partido y al proletariado activo en la poesía y hace de estos factores alta materia poética. Ésta es una revolución trascendental y en el plano universal de la literatura es un aporte, como el de Baudelaire o Whitman a la poesía contemporánea. Con esto quiero decir que el aporte de Maiakovski no es dogmático, sino poético. Porque cualquiera innovación de contenido que no sea digerido y llegue a ser parte nutricia del pensamiento, no pasa de ser sino un estimulante exterior del pensamiento. Maiakovski hace circular dentro de la poesía los duros temas de la lucha, los monótonos temas de la reunión, y estos asuntos florecen en su palabra, se convierten en armas prodigiosas, en azucenas rojas.

No quiere decir esto que toda la poesía tenga que ser política ni partidista, pero después de Maiakovski, el verdadero poeta que nace cada día tiene un nuevo

camino para elegir entre los muchos caminos de la
verdadera poesía.

Pero Maiakovski tiene un fuego propio que no puede extinguirse. Es un poeta caudaloso y tengo la sensación de que, como Federico García Lorca, a pesar de la
madurez de su poesía, tenía mucho que decir aún,
mucho que crear y cantar. Me parece que las obras de
estos dos jóvenes poetas, muertos en plena iluminación, son como un comienzo de gigantes, y que aún
tenían que medirse con las montañas. Con esto quiero
decir que sólo ellos tenían la clave para superarse, y, ay
de nosotros, esas llaves se perdieron, trágicamente enterradas en las tierras de España y de Rusia.

Maiakovski es un poeta de vitalidad verbal que llega a la insolencia. Prodigiosamente dotados apela a
todos los ardides, a todos los recursos del virtuoso. Su
poesía es un cátalogo de imágenes repentinas que se
quedan brillando con huellas fosforescentes. Su poséia
es tan pronto insultante, ofensiva, como llena de purísima ternura. Es un ser violento y dulce, orgánicamen-
te, hijo y padre de su poesía.

A esto se agrega sus condiciones satíricas.

Sus sátiras contra la burocracia son devastadoras y
ahora se siguen representando en los teatros soviéticos
con éxito creciente. Su sarcástica lucha contra la pequeña burguesía llega a la crueldad y al odio. Podemos
no estar de acuerdo, podemos detestar la crueldad contra gente deformada por los vicios de un sistema, pero
los grandes satíricos llegaron siempre a la exageración
más delirante. Así fue Swift, así fue Gogol.

Después de cuarenta años de literatura soviética en
que se han escrito muchos libros buenos y muchos
libros malos, Maiakovski sigue siendo para mí un poeta
impresionante, como una torre. Es imposible dejar de

verlo, desde todas partes de nuestra tierra se divisan la cabeza, las manos y los pies de este gigantesco muchacho. Escribió con todo, con su cabeza, con sus manos, con su cuerpo. Escribió con inteligencia, con sabiduría de artesano, con violencia de soldado en la batalla.

En estos días de homenajes y de reflexión en que celebramos con amor y con orgullo este aniversario de la revolución de Octubre, me detengo un minuto en el camino y me inclino ante la figura y la poesía de nuestro gran hermano Maiakovski.

En estos días en que él hubiera cantado como nadie, levanto a su memoria una rosa, una sola rosa roja.

Discurso pronunciado en Pekín, en agosto de 1957, y publicado en *Para nacer he nacido*, Ed. Seix Barral, Barcelona, 1977.

Mariano Latorre, Pedro Prado
y mi propia sombra

Poco acostumbrado a los actos académicos quise conocer el tema de mi discurso y entre las sugerencias de mis amigos surgieron dos nombres de esclarecidos escritores, ambos antiguos miembros de esta Facultad, ambos definitivamente ausentes de nuestras humanas preocupaciones: Pedro Prado y Mariano Latorre.

Estos dos nombres despertaron ecos diferentes y contrarios en mi memoria.

Nunca tuve relación con Mariano Latorre y es a fuerza de razonamiento y de entendimiento que aprecié sus condiciones de gran escritor, ligado a la descripción y la construcción de nuestra patria. Un verdadero escritor nacional es un héroe purísimo que ningún pueblo puede darse el lujo de soslayar. Esto queda al margen de las incidencias contemporáneas, del tanto por ciento que debe pagar por su trabajo, del desinterés apresurado y obligatorio de las nuevas generaciones, o de la malevolencia, personalismo o superficialidad de la crítica.

Lo único que conocí bien de Latorre fue su cara seca y afilada y no creo haber sido escatimado por su infatigable alacraneo. Pero sólo el contumaz rencoroso tomará en cuenta la pequeña crónica, los dimes y diretes, el vapor de la esquinas y cafeterías al hacer la suma de las acciones de un hombre grande. Y hombre grande fue Latorre. Se necesitaba ancho pecho para escribir en él todo el rumoroso nombre y la diversidad fragante de nuestro territorio.

La claridad de Mariano Latorre fue un gran intento de volvernos a la antigua esencia de nuestra tierra. Situado en otro punto de la perspectiva social y en otra orientación de la palabra y del alma, muy lejos yo mismo del método y de la expresión de Mariano Latorre, no puedo menos que reverenciar su obra que no tiene misterios, pero que seguirá siendo sombra cristalina de nuestro natalicio, mimbre patricio de la cuna nacional.

Otra cosa diferente y mucho más profunda significó Pedro Prado para mí. Prado fue el primer chileno en que vi el trabajo del conocimiento sin el pudor provinciano a que yo estaba acostumbrado. De un hilo a otro, de una alusión a una presencia, persona, costumbre, relatos, paisajes, reflexiones, todo se iba anudando en la conversación de Prado en una relación sin ambages en que la sensibilidad y la profundidad construían con misterioso encanto un mágico castillo, siempre inconcluso, siempre interminable.

Yo llegaba de la lluvia sureña y de la monosilábica relación de las tierras frías. En este tácito aprendizaje a que se había conformado mi adolescencia, la conversación de Prado, la gozosa madurez de su infinita comprensión de la naturaleza, su perenne divagación filosófica, me hizo comprender las posibilidades de asociación o sociedad, la comunicación expresiva de la inteligencia.

Porque mi timidez austral se basaba en lo inseparable de la soledad y de la expresión. Mi gente, padres, vecinos, tíos y compañeros, apenas si se expresaban. Mi poesía debía mantenerse secreta, separada en forma férrea de sus propios orígenes. Fuera de la vida exigente e inmediata de cada día no podían aludir en su conversación los jóvenes del sur a ninguna posible

sombra, misterioso temblor, ni derrotado aroma. Todo
eso lo dejé yo en compartimiento cerrado destinado a
mi transmigración, es decir, a mi poesía, siempre que
yo pudiera sostenerla en aquellos compartimentos le-
tales, sin comunicación humana. Naturalmente que no
sólo había en mí, y en mi pésimo desarrollo verbal,
culpa de clima o peso regional, de extensiones despo-
bladas, sino que el peso demoledor de las diferencias
de clase. Es posible que en Prado se mezclara el sortilegio de un activo y original meditador a la naturalidad social de la gran burguesía. Lo cierto es que Pedro
Prado, cabeza de una extraordinaria generación, fue
para mí, mucho más joven que él, un supremo relacio-
nador entre mi terca soledad y el inaudito goce de la
inteligencia que su personalidad desplegaba a toda
hora y en todos los sitios.

Sin embargo, no todos los aspectos de la creación
de Prado, ni de su multivaliosa personalidad, me gus-
taban a mí. Ni mis compañeros literarios, ni yo mismo, quisimos hacer nunca el fácil papel de destripa-
dores literarios. En mi época primera el iconoclasta
había pasado de moda. No hay duda que revivirá muchas veces. Ese papel de estrangulador agradará siempre a la envolvente vanidad colectiva de los escritores.
Cada escritor quisiera estar, único sobreviviente respe-
tado, en medio de la asamblea de la diosa Kali y sus
adeptos estranguladores.

Los escritores de mi generación debíamos a los
maestros anteriores deudas contantes y sonantes, porque se ejercitaba entonces una generosidad indivisible.
Anotando en el libro de mis propias cuentas no son
números pobres los que acreditaré a tres grandes de
nuestra literatura. Pedro Prado escribió antes que nadie
sobre mi primer libro *Crepusculario* una sosegada página

maestra, cargada de sentido y presentimiento como una aurora marina. Nuestro maestro nacional de la crítica, Alone, que es también maestro en contradicciones, me prestó casi sin conocerme algún dinero para sacar ese mismo primer libro mío de las garras del impresor. En cuanto a mis *Veinte poemas de amor*, contaré una vez más que fue Eduardo Barrios quien lo entregó y recomendó con tal ardor a don Carlos George Nascimento que éste me llamó para proclamarme poeta publicable con estas sobrias palabras: "Muy bien, publicaremos su obrita".

Mi disconformidad con Prado se basó casi siempre en otro sentido de la vida y en planos casi extraliterarios que siempre tuvieron para mí mayor importancia que tal o cual problema estático. Gran parte de mi generación situó los verdaderos valores más allá o más acá de la literatura, dejando los libros en su sitio. Preferíamos las calles o la naturaleza, los tugurios llenos de humo, el puerto de Valparaíso con su fascinación desgarradora, las asambleas sindicales turbulentas de la IWW.

Los defectos de Prado eran, para nosotros, ese desapasionamiento vital, una elucubración interminable alrededor de la esencia de la vida sin ver ni buscar la vida inmediata y palpitante.

Mi juventud amó el derroche y detestó la austeridad obligatoria de la pobreza. Pero presentíamos en Prado una crisis entre este equilibrio austero y la incitante tentación del mundo. Si alguien llevó un sacerdocio de un tipo elevado de la vida espiritual ése fue, sin duda, Pedro Prado. Y por no conocer bastante la intimidad de su vida, ni querer tocar tampoco su secreta existencia, no podemos imaginarnos sus propios tormentos.

Su insatisfacción literaria tuvo mucha inquietud pasiva y se derivó casi siempre hacia una constante interrogación metafísica. Por aquellos tiempos, influenciados por Apollinaire, y aún por el anterior ejemplo del poeta de salón Stéphane Mallarmé, publicábamos nuestros libros sin mayúsculas ni puntuación. Hasta escribíamos nuestras cartas sin puntuación alguna para sobrepasar la moda de Francia: aún se puede ver mi viejo libro *Tentativa del hombre infinito* sin un punto ni una coma. Por lo demás, con asombro he visto que muchos jóvenes poetas en 1961 continúan repitiendo esta vieja moda afrancesada. Para castigar mi propio pasado cosmopolita, me propongo publicar un libro de poesía suprimiendo las palabras y dejando solamente la puntuación.

En todo caso, las nuevas olas literarias pasan sin conmover la torre de Pedro Prado, torre de los veinte, agregando su valor al de los otros, porque ya se sabe que él valía por diez. Hay una especie de frialdad interior, de anacoretismo que no lo lleva lejos, sino que lo empobrece.

Ramón Gómez de la Serna, el Picasso de nuestra prosa maternal, lo revuelve todo en la península y asume una especie de amazónica corriente en que ciudades enteras pasan rumbo al mar, con despojos, velorios, preámbulos, anticuados corsés, barbas de próceres, posturas instantáneas que el mago capta en su fulminante minuto.

Luego viene el surrealismo desde Francia. Es verdad que éste no nos entrega ningún poeta completo, pero nos revela el aullido de Lautréamont en las calles hostiles de París. El surrealismo es fecundo y digno de las más solícitas reverencias, por cuanto con un valor catastrofal cambia de sitio las estatuas, hace agujeros en los malos cuadros y le pone bigotes a Mona Lisa que, como todo el mundo sabe, los necesitaba.

A Prado no lo desentumece el surrealismo. Él sigue perforando en su pozo y sus aguas se tornan cada vez más sombrías. En el fondo del pozo no va a encontrar el cielo, ni las espléndidas estrellas, sino que otra vez la tierra. En el fondo de todos los pozos está la tierra, como también en el fin del viaje del astronauta que debe regresar a su tierra y a su casa para seguir siendo hombre.

Los últimos capítulos de su gran libro *Un juez rural* se han metido ya dentro de este pozo y están oscurecidos no por el agua que fluye, sino por la tierra nocturna.

Pensando en modo más generalizado, se ve que en nuestra poesía hay una tendencia metafísica, a la que no niego ni doy importancia. No parto desde un punto de vista crítico estético, sino más bien desde mi plano creativo y geográfico.

Vemos esta soledad hemisférica en muchos otros de nuestros poetas. En Pedro Antonio González, en Mondaca, en Max Jara, en Jorge Hubner Bezanilla, en Gabriela Mistral.

Si se trata de una escapatoria de la realidad, de la repetición retrospectiva de temas ya elaborados, o de la dominante influencia de nuestra geología, de nuestra configuración volcánica, turbulenta y oceánica, todo esto se hablará y discutirá, ya que los tratadistas nos esperan a todos los poetas con sus telescopios y escopetas.

Pero no hay duda que somos protagonistas semisolitarios, orientados o desorientados, de vastos terrenos apenas cultivados, de agrupaciones semicoloniales, ensordecidos por la tremenda vitalidad de nuestra naturaleza y por el antiguo aislamiento a que nos condenan las metrópolis de ayer y de hoy.

Este lenguaje y esta posición son expresados aun por los de más altos valores de nuestra tierra, con regular intermitencia, con una especie de ira, tristeza, o arrebato sin salida.

Si esta expresión no resuelve la magnitud de los conflictos es porque no los encara, y no lo hace porque los desconoce. De allí un desasosiego más bien formal en Pedro Prado, encantadoramente eficaz en Vicente Huidobro, áspero y cordillerano en Gabriela Mistral.

De todos estos defectos, con todas estas contradicciones, tentativas y oscuridades, agregando a la amalgama la infinita y necesaria claridad, se forma una literatura nacional. A Mariano Latorre, maestro de nuestras letras, le corresponde este papel ingrato de acribillarnos con su claridad.

En un país en que persisten todos los rasgos del colonialismo, en que la multitud de la cultura respira y transpira con poros europeos tanto en las partes plásticas como en la literatura, tiene que ser así. Todo intento de exaltación nacional es un proceso de rebeldía anticolonial y tiene que disgustar a las capas que tenaz e inconscientemente preservan la dependencia histórica.

Nuestro primer novelista criollo fue un poeta: don Alonso de Ercilla. Ercilla es un refinado poeta del amor, un renacentista ligado con todo su ser a la temblorosa espuma mediterránea en donde acaba de renacer Afrodita. Pero su cabeza, enamorada del gran tesoro resurrecto, de la luz cenital que ha llegado a estrellarse victoriosamente contra las tinieblas y las piedras de España, encuentra en Chile, no sólo alimento para su ardiente nobleza, sino regocijo para sus extáticos ojos.

En *La Araucana* no vemos sólo el épico desarrollo de hombres trabados en un combate mortal, no sólo la valentía y la agonía de nuestros padres abrazados en el común exterminio, sino también la palpitante catalogación forestal y natural de nuestro patrimonio. Aves y plantas, aguas y pájaros, costumbres y ceremonias, idiomas y cabelleras, flechas y fragancias, nieve y marcas que nos pertenecen, todo esto tuvo nombre, por fin, en *La Araucana* y por razón del verbo comenzó a vivir. Y esto que revivimos como un legado sonoro era nuestra existencia que debíamos preservar y defender.

Qué hicimos?

Nos perdimos en la incursión universal, en los misterios de todo el mundo, y aquel caudal compacto que nos revelara el joven castellano se fue mermando en la realidad y falleciendo en la expresión. Los bosques han sido incendiados, los pájaros abandonaron las regiones originales del canto, el idioma se fue llenando de sonidos extranjeros, los trajes se escondieron en los armarios, el baile fue sustituido.

Súbitamente, en una tarde de verano sentí necesidad de la conversación de Prado. Me cautivó siempre ese ir y venir de sus razones, a las que apenas si se agregaba algún polvillo de personal interés. Era prodigioso su anaquel de observaciones directas de los seres o de la naturaleza. Tal vez esto es lo que se llama la sabiduría y Prado es lo que más se acerca a lo que en mi adolescencia pude denominar "un sabio". Tal vez en esto hay más de superstición que de verdad, puesto que después conocí más y más sabios casi siempre cargados de especialidad y de pasión, teñidos por la insurgencia, recalentados en el horno de la humana lucha. Pero esa sensación de poderío supremo de la inteligencia recibida en mi joven edad no me lo ha dado nadie después. Ni André Malraux que cruzó más de una vez conmigo, en interminables jornadas, los caminos entre Francia y España, chisporroteando los eléctricos dones de su cartesianismo extremista.

Otro de mis sabios amigos ha sido mucho después el grande Ilya Ehrenburg, también deslumbrante en su corrosivo conocimiento de las causas y los seres, ardiente e inamovible en la defensa de la patria soviética y de la paz universal.

Otro de estos grandes señores del conocimiento, cuya íntima amistad me ha otorgado la vida, ha sido Aragon, de Francia. También el mismo torrente discursivo, el más minucioso y arrebatado análisis, el vuelo de la profunda cultura y de la audaz inteligencia: tradición y revolución. De alguna manera o de otra, pero de pronto Aragon estalla, y su estallido pone en descubierto su beligerancia espacial. La cólera repentina de Aragon lo transforma en un polo magnético cargado por la más peligrosa tempestad eléctrica.

Así, pues, entre mis sabios amigos este Pedro Prado de mi mocedad se ha quedado en mi recuerdo como la imagen sosegada de un gran espejo azul en que se hubiera reflejado, de una manera extensa, un paisaje esencial hecho de reflexión y de luz, serena copa siempre abundante del razonamiento y del equilibrio.

En aquella tarde atravesé la calle Matucana y tomé el destartalado tranvía del polvoriento suburbio en que la añosa casa solariega del escritor era lo único decoroso. Todo lo demás era pobreza. Al cruzar el parque y ver la fuente central que recibía las hojas caídas, sentí que me envolvía aquella atmósfera alegórica, aquella claridad abandonada del maestro. Se agregaba, impregnándome, un aroma acerca de cuyo origen Prado guardó para mí un sonriente misterio, y que después descubrí

que era producido por la hierba llamada "del varraco",
planta olorosa de las quebradas chilenas que perdería
su perfume si la llamáramos planta "del verraco",
disecándola de inmediato. Ya confundido y devorado
por la atmósfera, toqué la puerta. La casa parecía deshabitada de puro silenciosa.

Se abrió la pesada puerta. No distinguí a nadie en la
entresombra del zaguán, pero me pareció oír un patente o peregrino ruido de cadenas que se arrastraban.
Entonces, de entre las sombras, apareció un enmasca-
rado que levantó hacia mi frente un largo dedo amenazante, impulsándome a caminar hacia la gran estancia o salón de los Prado, que yo también conocía, pero
que ahora se me presentaba totalmente cambiado.
Mientras caminaba, un ser mucho más pequeño, con
túnica y máscara que lo cubrían completamente y en-
corvado con el peso de una pala llena de tierra, me
seguía, echando tierra sobre cada una de mis pisadas.
En medio de la estancia me detuve. A través de las
ventanas, la tarde dejaba caer el extraño crepúsculo de
aquel parque perdido en los extramuros desmoronados
de Santiago.

En la sala casi vacía, pude distinguir, adosados a los
muros, una docena o más de sillones o sitiales y sobre
ellos, en cuclillas, otros tantos enigmáticos personajes
con turbantes y túnicas que me miraban sin decir una
palabra, detrás de sus máscaras inmóviles. Los minutos
pasaban y aquel silencio fantástico me hizo pensar que
estaba soñando o me había equivocado de casa o que
todo se explicaría.

Comencé a retroceder, temeroso, pero al fin descubrí un rostro que reconocí. Era el del siempre travieso
poeta Diego Dublé Urrutia, que, sin máscara que lo
ocultara, me miraba, detenidas sus facciones en una

morisqueta, a la que ayudaba levantándose la nariz con el índice de la mano derecha.

Comprendí que había penetrado en una de las ceremonias secretas que debían celebrarse siempre en alguna parte y en todas partes.

Era natural que la magia existiera y que adeptos y soñadores se reunieran en el fondo de abandonados parques para practicarla.

Me retiré tembloroso. Los circunstantes, seguramente llenos de orgullo por haberse mantenido en sus singulares posiciones, me dejaron ir, mientras aquel duende redondo, que más tarde conocí como Acario Cotapos, me persiguió con su pala hasta la puerta, cubriendo de tierra mis pisadas de fugitivo.

No podría hablar de Prado sin recordar aquella impresionante ceremonia.

Para placer y dicha de su creación, la amarga lucha por el pan no fue conocida por el ilustre Pedro Prado, gracias a su condición hereditaria, miembro de una clase exclusiva que hasta entonces, durante la vida de nuestro compañero y maestro, no padecía de sobresaltos. Y la polvorienta calle que conducía a la antigua casa de Pedro Prado continuaría por muchos años sin traspasar la valla de aquel elevado pensamiento.

Pero tal vez para recóndita y reprimida satisfacción del poeta, en mis escasos regresos por aquellos andurriales he visto que desaparecieron las verjas y que centenares de niños pobres de las calles vecinas irrumpieron en las habitaciones solariegas transformadas hoy en una escuela. No se olvide que Pedro Prado, inconmovible tradicionalista, se inclinó ante la tumba de Luis Emilio Recabarren dejando como una corona más de su abundante pensamiento un decidido homenaje a las ideas que él creyó, calificó con inocencia conservadora, como inalcanzables utopías.

Una tercera posibilidad de este discurso habría sido un autocrítico examen de estos cuarenta años de vida literaria, un encuentro con mi sombra. En realidad, éstos se cumplen en esta primavera recién pasada, uniéndose al olor de las lilas, de las madreselvas de 1921, y de la imprenta Selecta, de la calle San Diego, cuyo penetrante olor a tinta me impregnó al entrar y salir con mi pequeño primer libro, o librillo, la *Canción de la fiesta*, que allí se imprimió en octubre de aquel año.

Si tratara yo de clasificarme dentro de nuestra fauna y flora literaria o de otras faunas y floras extraterritoriales, tendría que declarar en este examen aduanero y precisamente en este Salón Central de la educación mi indeclinable deficiencia dogmática, mi precaria condición de maestro.

En la literatura y en las artes se producen a menudo los maestros. Algunos que tienen mucho que enseñar y algunos que se mueren por amaestrar, es decir, por la voluntad de dirigir. Creo saber, de lo poco que sé de mí mismo, que no pertenezco ni a los unos ni a los otros, sino simplemente a esa gregaria multitud siempre sedienta de los que quieren saber.

No lo digo esto apelando a un sentimiento de humildad que no tengo, sino a las lentas condiciones que han determinado mi desarrollo en estos largos años de los cuales debo dejar en esta ocasión algún testimonio.

Qué duda cabe que el sentimiento de supremacía y la comezón de la originalidad juegan un papel decisivo en la expresión?

Estos sentimientos que no existieron en la trabajosa ascensión de la cultura, cuando las tribus levantaban piedras sagradas en nuestra América y en Occidente y Oriente las agujas de las pagodas y las flechas góticas de las basílicas querían alcanzar a Dios sin que nadie las firmara con nombre y apellido, se han ido exacerbando en nuestros días.

He conocido no sólo a hombres sino a naciones que antes de elaborar el producto, antes de que las uvas maduraran, antes de que los toneles estuvieran llenos y cuando las botellas vacías esperaban, ya tenían el nombre, las consecuencias, y la embriaguez de aquel vino invisible.

El escritor desoído y atrapado contra la pared por las condiciones mercantiles de una época cruel ha salido a menudo a la plaza a competir con su mercadería, soltando sus palomas en medio de la vociferante reunión. Una luz agónica entre crepúsculo de la noche y sangriento amanecer lo mantuvo desesperado y quiso romper de alguna manera el silencio amenazante. "Soy el primero", gritó: "Soy el único", siguió repitiendo con incesante y amarga egolatría.

Se vistió de príncipe como D'Annunzio y no dejó de incitar al estupefacto cardumen elegante de las playas este atrevido falsificador de la audacia. En nuestras Américas cerriles se levantó contra la hirsuta mazorca de dictadores sin ley y de brutales encomenderos el elegante Vargas Vila, que cubrió con su valentía y su corruscante prosa poética toda una época otoñal de nuestra cultura.

Y otros y otros continuaron proclamándose.

En realidad, no se trata de que esta tradición egocéntrica con su caótica formulación vaya más allá de las palabras. Se trata sólo, y en forma desgarradora, del pobre escritor acongojado por el muro de la ciudad que no lo escucha y que él debe derribar con su trompeta para ver coronados a los ángeles de la luz. Y para que esta luz llegue no sólo a la delirante soberbia de su obra levantada contra la eternidad, sino que atraiga en forma dolorosa, y a veces con el estampido final del suicidio, la atención hacia la acción del espíritu, herida por una sociedad de corazones ásperos.

Muchos escritores de gran talento, aun en mi generación, debieron escoger este camino de los tormentos, en que se crucifica el poeta quemado por su propia vida mesiánica.

En plena recepción atmosférica de lo que venía y de lo que se iba, yo sentí pesar sobre mi cabeza estas ráfagas de nuestra inhumana condición. Teníamos que escoger entre aparecer como maestros de lo que no conocíamos para que se nos creyera, o condenarnos a una perpetua y oscurísima situación de labriegos, de fecundadores del barro. Esta encrucijada de la creación poética nos llevó a las peores desorientaciones. Seguirán llevando tal vez a los que comiencen a sentirse perplejos entre las llamas y el frío de la verdadera creación poética.

Sólo Apollinaire con su genio telegráfico ha dicho la palabra justa:

> *Entre nous et pour nous, mes amis,*
> *Je juge cette longue querelle de la tradition et de l'*
> *   invention*
> *De l' Ordre et de l'Aventure*
> *Vous dont la bouche est faite à l' image de celle de*
> *   Dieu*
> *Bouche qui est l'ordre méme*
> *Soyez indulgents quand vous nous comparez*
> *à ce qui furent la perfection de l'ordre*
> *Nous qui quêtons partout l'aventure*
> *Nous ne sommes pas vos ennemis*

Nous voulons vous donner de vastes et d'étranges
   domaines
où le mystere en fleurs s'offre à qui veut le cueillir
Il y a là des feux nouveaux des couleurs jamais vues
Mille phantasmes impondérables
Auxquels il faut donner la réalité
Nous voulons explorer la bonté contrée énorme où
   tout se tait
Il y a aussi le temps qu'on peut chasser ou faire
   revenir
Pitié pour nous qui combattons toujours aux
   frontieres de l'ilímité
et de l'avenir
Pitié pour nos erreurs pitié pour nos péchés.

En cuanto a mí, me acurruqué en mis sentidos y seguramente me dispuse a acumular y pesar mis materiales, para una construcción que tal vez pensé, y ahora confirmo, duraría hasta el final de mi vida. Digo seguramente porque no es posible predecirse a sí mismo y el que lo hace ya está condenado y publicado en su insinceridad. *Sinceridad*, en esta palabra tan modesta, tan atrasada, tan pisoteada y despreciada por el séquito resplandeciente que acompaña eróticamente a la estética, está tal vez definida mi constante acción. Pero sinceridad no significa una simplista entrega de la emoción o del conocimiento.

Cuando rehuí primero por vocación y luego por decisión toda posición de maestro literario, toda ambigüedad de exterior que me hubiera dejado en trance perpetuo de exteriorizar, y no de construir, comprendí de una manera vaga que mi trabajo debía producirse en forma tan orgánica y total que mi poesía fuera como mi propia respiración, producto acompasado de mi existencia, resultado de mi crecimiento natural.

Por lo tanto, si alguna lección se derivaba de una obra tan íntimamente y tan oscuramente ligada a mi ser, esta lección podría ser aprovechada más allá de mi acción, más allá de mi actividad, y sólo a través de mi silencio.

Salí a la calle durante todos estos años, dispuesto a defender principios solidarios, a hombres y pueblos, pero mi poesía no pudo ser enseñada a nadie. Quise que se diluyera sobre mi tierra, como las lluvias de mis latitudes natales. No la exigí ni en cenáculos ni en academias, no la impuse a jóvenes transmigrantes, la concentré como producto vital de mi propia experiencia, de mis sentidos, que continuaron abiertos a la extensión del ardiente amor y del espacioso mundo.

No reclamo para mí ningún privilegio de soledad: no la tuve sino cuando se me impuso como condición terrible de mi vida. Y entonces escribí mis libros como los escribí, rodeado por la adorable multitud, por la infinita y rica muchedumbre del hombre. Ni la soledad ni la sociedad pueden alterar los requisitos del poeta, y los que se reclaman de una o de otra exclusivamente falsean su condición de abejas que construyen desde hace siglos la misma célula fragante, con el mismo alimento que necesita el corazón humano. Pero no condeno ni a los poetas de la soledad ni a los altavoces del grito colectivo: el silencio, el sonido, la separación y la integración de los hombres, todo es material para que las sílabas de la poesía se agreguen precipitando la combustión de un fuego imborrable, de una comunicación inherente, de una sagrada herencia que desde hace miles de años se traduce en la palabra y se eleva en el canto.

Federico García Lorca, aquel gran encantador encantado que perdimos, me mostró siempre gran curiosidad por cuanto yo trabajaba, por cuanto yo estaba en trance de escribir o terminar de escribir. Igual cosa me pasaba a mí, igual interés tuve por su extraordinaria creación. Pero cuando yo llevaba a medio leer alguna de mis poesías, levantaba los brazos, gesticulaba con cabeza y ojos, se tapaba los oídos, y me decía: "Para! Para! No sigas leyendo, no sigas, que me influencias!"

Educado yo mismo en esa escuela de vanidad de nuestras letras americanas, en que nos combatimos unos a otros con peñones andinos o se galvanizan los escritores a puro ditirambo, fue sabrosa para mí esta modestia del gran poeta. También recuerdo que me traía capítulos enteros de sus libros, extensos ramos de su flora singular, para que yo sobre ellos les escribiera un título. Así lo hice más de una vez. Por otra parte, Manuel Altolaguirre, poeta y persona de gracia celestial, de repente me sacaba un soneto inconcluso de sus faltriqueras de tipógrafo y me pedía: "Escríbeme este verso final que no me sale". Y se marchaba muy orondo con aquel verso que me arrancaba. Era él generoso. El mundo de las artes es un gran taller en el que todos trabajan y se ayudan, aunque no lo sepan ni lo crean. Y, en primer lugar, estamos ayudados por el trabajo de los que precedieron y ya se sabe que no hay Rubén Darío sin Góngora, ni Apollinaire sin Rimbaud, ni Baudelaire sin Lamartine, ni Pablo Neruda sin todos ellos juntos. Y es por orgullo y no por modestia que proclamo a todos los poetas mis maestros, pues, qué sería de mí sin mis largas lecturas de cuanto se escribió en mi patria y en todos los universos de la poesía?

Recuerdo, como si aún lo tuviera en mis manos, el libro de Daniel de la Vega, de cubierta blanca y títulos en ocre, que alguien trajo a la quinta de mi tía Telésfora en un verano de hace muchos años, en los campos de Quepe.

Llevé aquel libro bajo la olorosa enramada. Allí devoré *Las montañas ardientes*, que así se llamaba el libro. Un estero ancho golpeaba las grandes piedras redondas en las que me senté para leer. Subían enmarañados los laureles poderosos y los coigües ensortijados. Todo era aroma verde y agua secreta. Y en aquel sitio, en plena profundidad de la naturaleza, aquella cristalina poesía corría centelleando con las aguas.

Estoy seguro de que alguna gota de aquellos versos sigue corriendo en mi propio cauce, al que también llegarían después otras gotas del infinito torrente, electrizadas por mayores descubrimientos, por insólitas revelaciones, pero no tengo derecho a desprender de mi memoria aquella fiesta de soledad, agua y poesía.

Hemos llegado dentro de un intelectualismo militante a escoger hacia atrás, escoger aquellos que previeron los cambios y establecieron las nuevas dimensiones. Esto es falsificarse a sí mismo falsificando los antepasados. De leer muchas revistas literarias de ahora, se nota que algunas escogieron como tíos o abuelos a Rilke o Kafka, es decir, a los que tienen ya su secreto bien limpio y con buenos títulos y forman parte de lo que ya es plenamente visible.

En cuanto a mí, recibí el impacto de libros desacreditados ahora, como los de Felipe Trigo, carnales y enlutados con esa lujuria sombría que siempre pareció habitar el pasado de España, poblándolo de hechicerías y blasfemias. Los floretes de Paul Feval, aquellos espadachines que hacían brillar sus armas bajo la luna feudal, o el ínclito mundo de Emilio Salgari, la melancolía fugitiva de Albert Samain, el delirante amor de Pablo y

de Virginia, los cascabeles tripentálicos que alzó Pedro
Antonio González dando a nuestra poesía un acompa-
ñamiento oriental que transformó, por un minuto, a
nuestra pobre patria cordillerana en un gran salón al-
fombrado y dorado, todo el mundo de las tentaciones,
de todos los libros, de todos los ritmos, de todos los
idiomas, de todas las abejas, de todas las sombras, el
mundo, en fin, de toda la afirmación poética, me impregnó de tal manera que fui sucesivamente la voz de
cuantos me enseñaron una partícula, pasajera o eterna, de la belleza.

Pero mi libro más grande, más extenso, ha sido este
libro que llamamos Chile. Nunca he dejado de leer la
patria, nunca he separado los ojos del largo territorio.

Por virtual incapacidad me quedó siempre mucho
por amar, o mucho que comprender, en otras tierras.

En mis viajes por el Oriente extremo entendí sólo
algunas cosas. El violento color, el sórdido atavismo, la
emanación de los entrecruzados bosques cuyas bestias
y cuyos vegetales me amenazaban de alguna manera.
Eran sitios recónditos que siguieron siendo, para mí,
indescifrables. Por lo demás tampoco entendí bien las
resecas colinas del Perú misterioso y metálico, ni la
extensión argentina de las pampas. Tal vez con todo lo
que he amado a México no fui capaz de comprenderlo.
Y me sentí extraño en los Montes Urales, a pesar de
que allí se practicaba la justicia y la verdad de nuestro
tiempo. En alguna calle de París, rodeado por el inmenso ámbito de la cultura más universal y de la extraordinaria muchedumbre, me sentí solo como esos arbolitos
del sur que se levantan medio quemados sobre las cenizas. Aquí siempre me pasó otra cosa. Se conmueve aún
mi corazón —por el que ha pasado tanto tiempo— con
esas casas de madera, con esas calles destartaladas que

comienzan en Victoria y terminan en Puerto Montt, y que los vendavales hacen sonar como guitarras. Casas en que el invierno y la pobreza dejaron una escritura jeroglífica que yo comprendo, como comprendo en la pampa grande del norte, mirada desde Huantajaya, ponerse el sol sobre las cumbres arenosas que toman entonces los colores intermitentes, arrobadores, fulgurantes, resplandecientes o cenicientos del cuello de la torcaza silvestre.

Yo aprendí desde muy pequeño a leer el lomo de las lagartijas que estallan como esmeraldas sobre los viejos troncos podridos de la selva sureña, y mi primera lección de la inteligencia constructora del hombre aún no he podido olvidarla. Es el viaducto o puente a inmensa altura sobre el río Malleco, tejido con hierro fino, esbelto y sonoro como el más bello instrumento musical, destacando cada una de sus cuerdas en la olorosa soledad de aquella región transparente.

Yo soy un patriota poético, un nacionalista de las gredas de Chile. Nuestra patria conmovedora! Cuesta un poco entreverla en los libros, tantos ramajes militares han ido desfigurando su imagen de nieve y agua marina. Una aureola aguerrida que comenzó nuestro Alonso de Ercilla, aquel padre diamantino que nos cayó de la luna, nos ha impedido ver nuestra íntima y humilde estructura. Con tantas historias en cincuenta tomos se nos fue olvidando mirar nuestra loza negra, hija del barro y de las manos de Quinchamalí, la cestería que a veces se trenza con tallos de copihues. Con tanta leyenda o verdad heroica y con aquellos pesados centauros que llegaron de España a malherirnos se nos olvidó que, a pesar de *La Araucana* y de su doloroso orgullo, nuestros indios andan hasta ahora sin alfabeto, sin tierra y a pie desnudo. Esa patria de pantalones rotos y cicatrices, esa infinita latitud que por todas partes nos limita con la pobreza, tiene fecundidad de creación, lluviosa mitología y posibilidades de granero numeroso y genésico.

Conversé con las gentes en los almacenes de San Fernando, de Rengo, de Parral, de Chanco, donde las dunas avanzan hasta ir cubriendo las viviendas, hablé de hortalizas con los chacareros del valle de Santiago y recité mis poemas en la Vega Central, al Sindicato de Cargadores, donde fui escuchado por hombres que usan como vestimenta un saco amarrado a la cintura.

Nadie conoce sino yo la emoción de decir mis versos en la más abandonada oficina salitrera y ver que me escuchaban, como tostadas estatuas paradas en la arena, bajo el sol desbordante, hombres que usaban la antigua "cotona" o camiseta calichera. En los tugurios del puerto de Valparaíso, así como en Puerto Natales o en Puerto Montt, o en las usinas del gran Santiago, o en las minas de Coronel, de Lota, de Curanilahue, me han visto entrar y salir, meditar y callar.

Ésta es una profesión errante y ya se sabe que en todas partes me toman, a orgullo lo tengo, no sólo como a un chileno más, que no es poco decir, sino como a un buen compañero, que ya es mucho decir. Ésta es mi Arte Poética.

En Temuco me tocó ver el primer automóvil, y luego el primer aeroplano, la embarcación de don Clodomiro Figueroa, que se despegaba del suelo como un inesperado volantín sin más hilo que la solitaria voluntad de nuestro primer caballero del aire. Desde entonces, y desde aquellas lluvias del sur, todo se ha transformado y este todo comprende el mundo, la tierra, que los geógrafos ahora nos muestran menos redonda, sin convencernos bien aún porque también tardamos los hombres antes en dejar de creer que no era tan plana como se pensaba.

Cambió también mi poesía.

Llegaron las guerras, las mismas guerras de antaño, pero llegaron con nuevas crueldades, más arrasadoras. De estos dolores que a mí me salpicaron y me atormentaron en España vi nacer la Guernica de Picasso, cuadro que a la misma altura estética de la Gioconda está también en el otro polo de la condición humana: uno representa la contemplación serenísima de la vida y de la belleza y, el otro, la destrucción de la estabilidad y de la razón, el pánico del hombre por el hombre. Así, pues, también cambió la pintura.

Entre los descubrimientos y los desastres que hicieron trepidar las piedras bajo nuestros pies y las estrellas sobre nuestros pensamientos llegó, desde la mitad del siglo pasado hasta los comienzos de este siglo, una generación de extraordinarios padres de la esperanza. Marx y Lenin, Gorki, Romain Rolland, Tolstoi, Barbusse, Zola, se levantaron como grandes acontecimientos, como nuevos conductores del amor. Lo hicieron con hechos y con palabras y nos dejaron encima de la mesa, encima del mundo, un paquete que contenía una caudalosa herencia que nos repartimos: era la responsabilidad intelectual, el eterno humanismo, la plenitud de la conciencia.

Pero luego vinieron otros hombres que se sintieron desesperados. Ellos pusieron nuevamente frente al follaje de las generaciones el espectáculo del hombre aterrorizado, sin pan y sin piedra, es decir, sin alimento y sin defensa, tambaleando entre el sexo y la muerte. El crepúsculo se hizo negro y rojo, envuelto en sangre y humo.

Sin embargo, las grandes causas humanas revivieron fuertemente. Porque el hombre no quería perecer

se vio de nuevo que la fuente de la vida puede seguir
intacta, inmaculada y creadora. Hombres de mucha
edad como el insigne Lord Bertrand Russell, como
Charles Chaplin, Pablo Picasso, como el norteamericano Linus Pauling, como el doctor Schweitzer, como
Lázaro Cárdenas, se opusieron en nombre de millones
de hombre a la amenaza de la guerra atómica y de
pronto pudo ver el ser humano que estaban represen-
tados y defendidos todos los hombres, aun los más
sencillos, y que la inteligencia no podía traicionar a la
humanidad.

El continente negro, que abasteció de esclavos y de
marfil a la codicia imperial, dio un golpe en el mapa y
nacieron veinte repúblicas. En América Latina tembla-
ron los tiranos. Cuba proclamó su inalienable derecho
a escoger su sistema social. Mientras tanto, tres muchachos sonrientes, dos jóvenes soviéticos y uno norteamericano, se mandaron a hacer un traje extraño y se
largaron a pasear entre los planetas.

Ha pasado, pues, mucho tiempo desde que entré
con reverencia a la casa solariega de Pedro Prado por
primera vez, y desde que despedí los restos de Mariano
Latorre en nuestro desordenado Cementerio General.
Despedí a aquel maestro como si despidiera al campo
chileno. Algo se iba con él, algo se integraba definitivamente a nuestro pasado.

Pero mi fe en la verdad, en la continuidad de la
esperanza, en la justicia y en la poesía, en la perpetua
creación del hombre, vienen desde ese pasado, me
acompañan en este presente y han acudido en esta
circunstancia fraternal en que nos encontramos.

Mi fe en todas las cosechas del futuro se afirma en
el presente. Y declaro, por mucho que se sepa, que la
poesía es indestructible. Se hará mil astillas y volverá a

ser cristal. Nació con el hombre y seguirá cantando para el hombre. Cantará. Cantaremos.

A través de esta larga Memoria que presento a la Universidad y a la Facultad de Filosofía y Educación que me recibe y que presiden Juan Gómez Millas y Eugenio González, amigos a quienes me unen los más antiguos y emocionantes vínculos, habéis escuchado los nombres de muchos poetas que circulan dentro de mi creación. Muchos otros no nombré, pero también forman parte de mi canto.

Mi canto no termina. Otros renovarán la forma y el sentido. Temblarán los libros en los anaqueles y nuevas palabras insólitas, nuevos signos, y nuevos sellos sacudirán las puertas de la poesía.

Discurso de incorporación a la Facultad de Filosofía y Educación de la Universidad de Chile, como Miembro Académico, 30 de marzo de 1962. Publicado en *Discursos*, Ed. Nascimento, Santiago de Chile, 1962.

R.L.V. (Ramón López Velarde)

Casi por los mismos días del año 1921 en que yo llegaba a Santiago de Chile desde mi pueblo, se moría en
México el poeta Ramón López Velarde, poeta esencial
y supremo de nuestras dilatadas Américas. Por supuesto que yo no supe ni que se moría ni que hubiera
existido. Por entonces y por ahora nos llenábamos la
cabeza con lo último que llegaba de los transatlánticos:
mucho de lo que leíamos pasó como humo o vapor
para nuestro carnívoro apetito, otras revelaciones nos
deslumbraron y con el tiempo sostuvieron su firmeza.
Pero no se nos ocurrió preguntar nada en México.
Nada más que el eco de sus Revoluciones nos desper-
taba aún con su estampido. No conocíamos lo singular, lo florido de aquella tierra sangrienta.

Muchísimos años después me tocó alquilar la vieja
villa de los López Velarde, en Coyoacán, a orillas del
Distrito Federal de México. Alguno de mis amigos re-
cordará aquella inmensa casa, plantel en que todos los
salones estaban invadidos de alacranes, se desprendían
las vigas atacadas por eficaces insectos y se hundían las
tablas de los pisos como si se caminara por una selva
humedecida. Logré poner al día dos o tres habitaciones
y allí me puse a vivir a plena atmósfera de López
Velarde, cuya poesía comenzó a traspasarme.

La casa fantasmal conservaba aún un retazo del
antiguo parque, colosales palmeras y ahuehuetes, una
piscina barroca, cuyas trizaduras no permitían más
agua que la de la luna, y por todas partes estatuas de
náyades del año 1910. Vagando por el jardín se las

hallaba en sitios inesperados, mirando desde adentro de un quiosco que las enredaderas sobrecubrían, o, simplemente, como si fueran con elegante paso hacia la vieja piscina sin agua, a tomar el sol sobre sus rocas de mampostería.

Entonces sentí con ansiedad no haber llegado a tiempo en la vida para haber conocido al poeta. No sé por qué me parece que le hubiera ayudado yo a vivir, no sé cuánto más, tal vez sólo algunos versos más. Sentí como pocas veces he sentido la amistad de esa sombra que aún impregnaba los ahuehuetes. Y fui también descifrando su breve escritura, las escasas páginas que escribiera en su breve vida y que hasta ahora, como muy pocas, resplandecen.

No hay poesía más alquitarada que su poesía. Ha ido de alambique en alambique destilando la gota justa de alcohol de azahar, se ha reposado en diminutas redomas hasta llegar a ser la perfección de la fragancia. Es tal su independencia que se queda ahí dormida, como en un frasco azul de farmacia, envuelta en su tranquilidad y en su olvido. Pero al menor contacto sentimos que continúa intacta, a través de los años, esta energía voltaica. Y sentimos que nos atravesó el blanco del corazón la inefable puntería de una flecha que traía en su vuelo el aroma de los jazmines que también atravesó.

Ha de saberse, asimismo, que esta poesía es comestible, como turrón o mazapán, o dulces de aldea, preparados con misteriosa pulcritud y cuya delicia cruje en nuestros dientes golosos. Ninguna poesía tuvo antes o después tanta dulzura, ni fue tan amasada con harinas celestiales.

Pero bajo esta fragilidad hay agua y piedra eterna. Cuidado con engañarse. Cuidado con superjuzgar este atildamiento y esta exquisita exactitud. Pocos poetas con tan breves palabras nos han dicho tanto, y tan eternamente, de su propia tierra. López Velarde también hace historia.

Por ese tiempo, cuando Ramón López Velarde cantaba y moría, trepidaba la vieja tierra. Galopaban los centauros para imponer el pan a los hambrientos. El petróleo atraía a los fríos filibusteros del Norte. México fue robado y cercenado. Pero no fue vencido.

El poeta dejó estos testimonios. Se verán en su obra como se ven las venas al trasluz de la piel, sin trazos excesivos: pero ahí están. Son la protesta del patriota que sólo quiso cantar. Pero este poeta civil, casi subrepticio, con sus dos o tres notas del piano, con sus dos o tres lágrimas verdaderas, con su purísimo patriotismo, completa así la estatua del cantor imborrable.

Es también el más provinciano de los poetas, y conserva hasta el último de sus versos inconclusos el silencio, la pátina de jardín oculto de aquellas casas con muros blancos de adobe de las cuales sólo emergen puntiagudas cimas de árbol. De allí viene también el líquido erotismo de su poesía que circula en toda su obra como soterrado, envuelto por el largo verano, por la castidad dirigida al pecado, por los letárgicos abandonos de alcobas de techo alto en que algún insecto sonoro interrumpe con sus élitros la siesta del soñador.

Supe que hace diez siglos, entre una guerra y otra, los custodios de la Corona Real de una monarquía ahora difunta, dejaron caer el Objeto Precioso y se quedó para siempre torcida la antigua cruz de la Corona. Muy sabios, los viejos reyes conservaron la cruz torcida sobre la Corona fulgurante de piedras preciosas. Y no sólo así siguió custodiada, sino que la cruz torcida pasó a los blasones y a las banderas; es decir, se hizo estilo.

De alguna manera me recuerda este antiguo episo-
dio el modo poético de López Velarde. Como si alguna
vez hubiera visto la escena de soslayo y hubiera con-
servado fielmente una visión oblicua, una luz torcida
que da a toda su creación tal inesperada claridad.

En la gran trilogía del modernismo es Ramón López
Velarde el maestro final, el que pone el punto sin
coma. Una época rumorosa ha terminado. Sus grandes
hermanos, el caudaloso Rubén Darío y el lunático
Herrera y Reissig, han abierto las puertas de una América anticuada, han hecho circular el aire libre, han
llenado de cisnes los parques municipales, y de impa-
ciente sabiduría, tristeza, remordimiento, locura e inteligencia los álbumes de las señoritas, álbumes que desde entonces estallaron con aquella carga peligrosa en
los salones.

Pero esta revolución no es completa si no conside-
ramos este arcángel final que dio a la poesía americana
un sabor y una fragancia que durará para siempre. Sus
breves páginas alcanzan, de algún modo sutil, la eternidad de la poesía.

Isla Negra, agosto de 1963.

Publicado en *Presencia de Ramón López Velarde en Chile*, Prensas de la
Editorial Universitaria, Santiago de Chile, 1963.

Shakespeare, príncipe de la luz

Goneril, Regan, Hamlet, Augus, Duncan, Glansdale, Mortimer, Ariel, Leontes...

Los nombres de Shakespeare, estos nombres, trabajaron en nuestra infancia, se cristalizaron, se hicieron materia de nuestros sueños. Detrás de los nombres de Shakespeare, cuando aún apenas si podíamos leer, existía un continente con ríos y reyes, clanes y castillos, archipiélagos que alguna vez descubriríamos. Los nombres de sombríos o radiantes protagonistas nos mostraba la piel de la poesía, el primer toque de una gran campana. Después, mucho tiempo después, llegan los días y los años en que descubrimos las venas y las vidas de estos nombres. Descubrimos padecimientos y remordimientos, martirios y crueldades, seres de sangre, criaturas del aire, voces que se iluminan para una fiesta mágica, banquetes a los que acuden los fantasmas ensangrentados. Y tantos hechos, y tantas almas, y tantas pasiones y toda la vida.

En cada época, un bardo asume la totalidad de los sueños y de la sabiduría: expresa el crecimiento, la extensión del mundo. Se llama una vez Alighieri, o Víctor Hugo, o Lope de Vega o Walt Whitman.

Sobre todo, se llama Shakespeare.

Entonces, estos bardos acumulan hojas, pero entre estas hojas hay trinos, bajo estas hojas hay raíces. Son hojas de grandes árboles.

Son hojas y son ojos. Se multiplican y nos miran a nosotros, pequeños hombres de todas las edades transitorias, nos miran y nos ayudan a descubrirnos: nos revelan nuestro propio laberinto.

En cuanto a Shakespeare, viene luego una tercera revelación, como vendrán muchas otras: la del sortilegio de su alquitarada poesía. Pocos poetas tan compactos y secretos, tan encerrados en su propio diamante.

Los sonetos fueron cortados en el ópalo del llanto, en el rubí del amor, en la esmeralda de los celos, en la amatista del luto.

Fueron cortados en el fuego, fueron hechos de aire, fueron edificados de cristal.

Los sonetos fueron arrancados a la naturaleza de tal manera, que desde el primero al último se oye cómo transcurre el agua, y cómo baila el viento, y cómo se suceden, doradas o floridas, las estaciones y sus frutos.

Los sonetos tienen infinitas claves, fórmulas mágicas, estática Majestad, velocidad de flechas.

Los sonetos son banderas que una a una subieron a las alturas del castillo. Y aunque todas soportaron la intemperie y el tiempo, conservan sus estrellas de color amaranto, sus medialunas de turquesa, sus fulgores de corazón incendiado.

Yo soy un viejo lector de la poesía de Shakespeare, de sus poemas que no nos dicen nombres, ni batallas, ni desacatos, como sus tragedias.

Está sólo la blancura del papel, la pureza del camino poético. Por ese camino, interminablemente se deslizan las imágenes como pequeños navíos cargados de miel.

En esta riqueza excesiva en que el urgente poder creativo se acompasa con toda la suma de la inteligencia, podemos ver y palpar a un Shakespeare constante y creciente, siendo lo más señalado, no su caudaloso poderío, sino su forma exigente.

Mi ejemplar de los *Sonetos* tiene mi nombre escrito y el día y el mes en que compré aquel libro en la Isla de Java, en 1930.

Hace, pues, 34 años que me acompaña.

Allí en la lejana Isla, me dio la norma de una purísima fuente, junto a las selvas y a la fabulosa multitud de los mitos desconocidos, fue para mí la ley cristalina. Porque la poesía de Shakespeare, como la de Góngora y la de Mallarmé, juega con la luz de la razón, impone un código estricto, aunque secreto. En una palabra, en aquellos años abandonados de mi vida, la poesía shakespereana mantuvo para mí abierta comunicación con la cultura occidental. Al decir esto, incluyo naturalmente en la gran cultura occidental a Pushkin y a Carlos Marx, a Bach y a Hölderlin, a Lord Tennyson y a Maiakovski.

Naturalmente, la poesía está diseminada en todas las grandes tragedias, en las torres de Elsinor, en la casa de Macbeth, en la barca de Próspero, entre el perfume de los granados de Verona.

Cada tragedia tiene su túnel por el que sopla un viento fantasmagórico. El sonido más viejo del mundo, el sonido del corazón humano va formando las palabras inolvidables. Todo esto está desgranado en las tragedias, junto a las interjecciones del pueblo, a las insignias de los mercados, a las sílabas soeces de parásitos y de bufones, entre el choque de acero de las panoplias enloquecidas.

Pero a mí me gusta buscar la poesía en su fluir desmedido, cuando Shakespeare la ordena y la deja pintada en la pared del tiempo, con el azul, el esmalte y la espuma mágica, amalgama que las dejará estampadas en nuestra eternidad.

Por ejemplo, en el idilio pastoral de *Venus and Adonis*, publicado en 1593, hay muchas sombras frescas sobre las aguas que corren, insinuaciones verdes de la floresta que canta, cascadas de poesía que cae y de mitología que huye hacia el follaje.

Pero, de pronto, aparece un potro y toda irrealidad desapareció al golpe de sus cascos cuando "sus ojos desdeñosos relumbran como el fuego, mostrando su caliente valor, su alto deseo".

Sí, porque se ve que si un pintor pintara ese caballo "tendría que luchar con la excelencia de la naturaleza", "lo viviente sobrepasará a los muertos". No hay descripción como la de este caballo amoroso y furioso golpeando con sus patas verdaderas los estupendos sextetos.

Y lo menciono cuando en su bestiario quedaron rastros de muchas bestias y en el herbario shakespereano permanece el color y el olor de muchas flores, porque este potro piafante es el tema de su oda, el movimiento genésico de la naturaleza captado por un gran organizador de sueños.

En los últimos meses de este otoño me dieron el encargo de traducir *Romeo y Julieta*.

Tomé esta petición con humildad. Con humildad y por deber, porque me sentí incapaz de volcar al idioma español la historia apasionada de aquel amor. Tenía que hacerlo, puesto que éste es el gran año shakespereano, el año de la reverencia universal al poeta que dio nuevos universos al hombre.

Traduciendo con placer y con honradez la tragedia de los amantes desdichados, me encontré con un nuevo hallazgo.

Comprendí que detrás de la trama del amor infinito y de la muerte sobrecogedora, había otro drama, había otro asunto, otro tema principal.

Romeo y Julieta es un gran alegato por la paz entre los hombres. Es la condenación del odio inútil, es la denuncia de la bárbara guerra y la elevación solemne de la paz.

Cuando el Príncipe Escalus recrimina con dolorosas y ejemplares palabras a los clanes feudales que manchan de sangre las calles de Verona, comprendemos que el Príncipe es la encarnación del entendimiento, de la dignidad, de la paz.

Cuando Benvolio reprocha a Tybaldo su penden-
ciera condición, diciéndole: "Tybaldo, no quieres la
paz en estas calles?", el fiero espadachín le responde:
"No me hables de paz, esa palabra que odio".

La paz era, pues, odiada por algunos en la Europa
isabelina. Siglos más tarde, Gabriela Mistral, persegui-
da y ofendida por su defensa de la paz, expulsada del
diario chileno que publicaba desde hacía 30 años sus
artículos, escribió su recado famoso: "La paz, esa palabra maldita". Se ve que el mundo y los órganos de
prensa continuaron gobernados por los Tybaldos, por
los espadachines.

Una razón más, pues, para amar a William Shakespeare, el más vasto de los seres humanos. Siempre ten-
dríamos tiempo y espacio para explorarlo y extraviar-
nos en él, para ir muy lejos alrededor de su estatura,
como los diminutos hombres de Lilliput en torno a
Gulliver. Para ir muy lejos sin llegar al fin, volviendo
siempre con las manos llenas de fragancias y de sangre, de flores y de dolores, de tesoros mortales.

En esta ocasión solemne me toca a mí abrir la puerta de los homenajes, levantando el telón para que apa-
rezca su deslumbrante y pensativa figura. Y yo le diría
a través de cuatro siglos:

"Salud, Príncipe de la luz! Buenos días, histriones
errantes. Heredamos tus grandes sueños que seguimos
soñando. Tu palabra es honor de la tierra entera".

Y, más bajo, al oído, le diría también:

"Gracias, compañero".

Escrito en 1964, año en que Neruda traduce *Romeo y Julieta*, y en que
se celebraron el cuarto centenario del natalicio de Shakespeare y el 60
cumpleaños de Neruda. Publicado en *Anales de la Universidad de Chile*,
Nº 129, Santiago de Chile, enero-marzo, 1964 y en *Para nacer he nacido*,
Ed. Seix Barral, Barcelona, 1977.

Desde que Thiago llegó a Chile

Desde que Thiago llego a Chile se produjeron varias alte-
raciones territoriales dignas de tomarse en cuenta. El llamado viento puelche cambió invisiblemente de rumbo
y formó figuras romboidales en la Cordillera. El pulso
del país se recobró como si despertara de una letárgica
tristeza. Hacia Angostura de Paine se vio sobrevolar una
bandada de pájaros amarillos que no eran canarios ni li-
mones y volaban en forma extraña, como nadando en
el agua celeste. También se observó en la arena de Isla
Negra un precipitado calcáreo a la vez transparente y
sonoro. Podemos atribuir estas variaciones a la influencia
de Thiago de Mello en nuestras almas. A la vez nuestras
almas hacen cambiar el paisaje.

Thiago de Mello es un transformador del alma. De cerca o de lejos, de frente o de perfil, por contacto o transparencia, Thiago ha cambiado nuestras vidas, nos ha dado
la seguridad de la alegría. El tiempo y Thiago de Mello trabajan en sentido contrario. El tiempo erosiona y continúa. Thiago de Mello nos aumenta, nos agrega, nos hace
florear y luego se va, tiene otros quehaceres. El tiempo se
adhiere a nuestra piel para gastarnos. Thiago pasa por
nuestras almas para invitarnos a vivir.

En este poeta que nos envió como representante el
Río Amazonas, canta el ancho Río salvaje y la multitud
de sus pájaros. Queremos los chilenos que siga cantando
en nuestra patria.

Si en aquellas regiones florestales del magno Brasil
hay también serpientes y gigantescos monos que no
quieren a Thiago, allá ellos, les decimos. Nosotros lo

queremos y lo conservaremos. Si son tan despilfarradores del talento, nosotros acogemos su deslumbrante talento. Si son tan ingratos con la obra de sus compatriotas excelsos, nosotros le ofrecemos una patria clara como la luz y abierta como la palma de la mano.

Allá ellos con sus gigantescos simios que se han transformado en gobernantes, nosotros nos guardamos a Thiago para que su inteligencia y su alegría sigan resplandeciendo. Chile acogió siempre al pensamiento perseguido. En eso estamos de acuerdo gobernadores y gobernados. El asilo contra la opresión no es sólo un verso, es el laurel de Chile, nuestro común orgullo.

Si este asilo te sirve, Thiago de Mello, aquí estamos tus amigos y hermanos para dártelo, aunque sin pedirnos permiso ya te asiló para siempre el corazón de nuestra bella Anamaría.

Yo voy andando por los mares a esta hora. Lejos pero no separado, distante pero infinitamente cerca.

Cerca de mis compatriotas de siempre y de nuestro nuevo compatriota, el poeta Thiago de Mello.

En el mar, marzo de 1965.

Texto leído en el homenaje ofrecido a Thiago de Mello por los intelectuales, artistas y amigos chilenos a raíz de la despedida del poeta como Agregado Cultural de Brasil en Chile. Publicado en la Antología de poesía de Thiago de Mello, *Aún es tiempo*, Fondo de Cultura Económica, Santiago de Chile, 1999.

Me llamo Crusoe...

Chile atrae ciertos acontecimientos insólitos. Nuestro territorio seco, hirsuto, arenoso, húmedo, enmarañado, tiene fosforescencias magnéticas. Aquí vinieron, hace algunos días, los profesionales de terremotos a trazar un mapa —siempre superficial— de nuestros secretos terrestres. La patria conoció, antes que nadie, las sacudidas atómicas. Estamos resguardados y amenazados por un cinturón de volcanes cuyo interior es tan desconocido como el fuego de los lejanos planetas.

La cuestión es que nuestra contextura ferruginosa atrae ciertos sucesos de tipo inaudito. El motín de Cambiaso, en las noches heladas de Punta Arenas, nos da la visión de un emperador sanguinario, de uniforme rojo y dorado sobre caballo blanco y pabellón con calavera ondulando en la ventisca.

No pasan en todas partes estas salidas de sangre.

Me he preguntado muchas veces por qué Robinson Crusoe llegó hasta nuestra isla del Pacífico a especializarse en soledades.

Voy a revelarlo.

Porque ya la conocía. No se trataba de su primera visita. Y no estoy seguro de que no haya vuelto después.

Porque el 10 de enero de 1709, Alejandro Selkirk (un año después de haber sido rescatado de su reclusión en Juan Fernández) fue nombrado contramaestre de la fragata "Bachelor", que merodeaba por nuestros mares. Selkirk-Crusoe sabía lo que hacía o bien era atraído por el imán de la isla.

Hay que examinar por qué *Robinson Crusoe*, libro entre muchos libros, fascinó, siguió y sigue fascinando a medio mundo.

El hombre no quiere aislarse. La soledad es contra natura. El ser humano tiene curiosidad diurna y nocturna por el ser humano. Los animales apenas se miran o se advierten. Sólo los perros, los hombres y las hormigas demuestran irresistible curiosidad por su propia especie y se miran, se palpan, se huelen.

La insoportable soledad del marinero escocés, que comienza a construir un mundo solitario, sigue siendo motivo de la inteligencia y enigma que nos pertenece.

El capitán Woodes Rogers cuenta en su Diario de Viaje la liberación de Alejandro Selkirk. Es un buen periodismo, y el capitán trata el hecho como un reportaje singular. Imaginemos que sólo en el día de ayer fue descubierto y rescatado Robinson Crusoe y no de otra manera lo habríamos leído en *El Mercurio* o en *El Siglo*. Escribe el capitán Rogers:

> Poco después volvió la barcaza con cantidad de langostas y un hombre vestido con pellejos de cabras que parecía más salvaje que esos animales. Era un escocés llamado Alejandro Selkirk, que había sido contramaestre a bordo del navío "Los Cinco Puertos" y que el irascible capitán Stradling había abandonado en esa isla desde hacía cuatro años y cuatro meses.
>
> Nos dijo que él hubiera querido entregarse a los franceses si alguno de sus navíos hubiera llegado a la isla o hubiera preferido morir en ella, antes de caer en manos de los españoles, que no habrían dejado de matarlo ante el temor de que pudiera servir a los extranjeros en el descubrimiento de los mares del Sur. Abandonado en esa isla con alguna ropa, su cama, un fusil, un tarro de

pólvora, balas, tabaco, un hacha, un cuchillo, una olla, una Biblia, sus instrumentos y sus libros de marina, se divirtió tratando de arreglárselas como le fuera posible. Pero, durante los primeros meses, le costó mucho vencer su melancolía y sobrepasar el horror que le causaba una soledad tan espantosa.

Después de haber desterrado su melancolía, hallaba solaz en grabar su nombre en los árboles con la fecha de su exilio. O bien cantaba con toda su voz en la soledad, o enseñaba a gatos y cabras salvajes a bailar con el. Los gatos y los ratones le hicieron al comienzo una guerra cruel: se habían multiplicado, sin duda, por medio de algunos de su especie salidos de los barcos que por agua y leña tocaron en la isla. Los ratones venían a roerle los pies y la ropa mientras dormía. Para combatirlos se le ocurrió darles a los gatos algunos buenos pedazos de carne de cabra, lo que hizo que tanto se acostumbraran a él, que venían a dormir por cientos alrededor de su cabaña, protegiéndolo de sus enemigos. Así fue que por un designio de la providencia y el vigor de su juventud, puesto que cuando lo encontramos sólo tendría treinta años de edad, se puso por encima de todas las dificultades de su triste abandono y pudo vivir a gusto en su soledad.

Cuando el abandonado creó su pequeño mundo, no se dio cuenta de que cumplía una infinita aspiración humana, la de dominar la naturaleza venciéndola por la gravitación de la inteligencia. Su lema de solitario tuvo que ser: "Por la razón y por la razón, siempre por la razón", el mismo lema que proponía Unamuno a los chilenos. El marinero que se transformó en Robinson y enseñó a bailar a los gatos y a las cabras,

A éstos yo canto y yo nombro

fue un nuevo Adán, sin Eva, pero poderoso. Su canto solitario era como el himno a la creación recién comenzada.

Extraño destino que nos asombra aún. Y cuando Selkirk retorna a su amada Escocia, contando la hazaña de taberna en taberna, comienza a sentir la nostalgia de su gran claustro de cielo y mar. El Océano Pacífico, irreal, superabundante y extenso, lo sigue llamando con los coros más insistentes. Lo sigue transformando hasta darle el toque de la suprema transfiguración.

Un escritor imponderable, Daniel Defoe, oye hablar del marino solitario, de la naturaleza lejanísima, del magnetismo de las islas chilenas.

Murió Alejandro Selkirk. Pero en un navío de papel impreso —que hasta ahora sigue navegando— regresó a Juan Fernández un nuevo marinero.

—Quién eres? —le preguntaron.

—Me llamo Robison Crusoe —respondió.

De la serie "Reflexiones desde Isla Negra". Publicado en la revista *Ercilla*, N° 1754, 29 de enero de 1969 y en *Para nacer he nacido*, Ed. Seix Barral, Barcelona, 1977.

CON CORTÁZAR Y CON ARGUEDAS

No es bueno que la irritación llegara a tomar el sitio de la meditación en el entrevero suscitado entre Cortázar y Arguedas. Se trata de un debate tan profundo como interminable, y es difícil dar la razón o quitarla a nuestros dos egregios opinantes.

Yo he sostenido siempre que el escritor en nuestros países abandonados debe quedarse en ellos, para defenderlos. Los formidables libros de la costa del Pacífico que denuncian el martirio de los indios habrían sido tal vez imposibles de concebir desde el destierro, sin ese pegarse en la cabeza con los dolores de cada día de estos pueblos. Por eso tal vez mi vida ha sido un salir y regresar, un partir para volver. Pude quedarme en muchos sitios. Pero me quedo aquí.

En los libros de Cortázar, de Vargas Llosa, de Fuentes y de García Márquez hay una constantísima preocupación americana, una tónica temal enraizada en nuestras verdades, un ámbito que nos pertenece y que ellos nos han restituido en forma varias veces grandiosa. Es esto lo que hay que tomar en cuenta. Son desde lejos, exiliados o no, más americanos que muchos de sus compatriotas que viven de este lado del mar.

Yo desconfié de una generación anterior y aristocratizante que olvidaba fácilmente en Europa nuestra cuna de barro. Aquellos escritores hacían sus maletas, partían a conquistar París y, en seguida, con dificultad o sin ella, se dedicaban a escribir en francés. Yo combatí acerba y sectariamente este desdoblamiento cultural. Sin embargo, me conmueven hasta ahora muchos versos de Huidobro escritos en francés, y para qué hablar del maravilloso y olvidado poeta ecuatoriano Gangotena, desparecido en plena juventud y que no escribió en otro idioma.

Por otra parte, vale la pena validar la existencia de aquellos de nuestros escritores que soportaron tanta dureza, penurias, envidias y ofensivas que forman el pan de cada día en cada uno de nuestros provinciales países. A mí muchas veces me ha entrado una comezón en el alma y un deseo de arrancarme lejos. La guerrilla literaria en América Latina forma parte de la atmósfera y en ella se adiestran los profesionales del denuesto. Yo tuve desde muy joven familias literarias enteras, que de padres a sobrinos se dedicaron a embestirme.

Por otro lado, la envidia es reproductiva, endémica e inmortal en tierras literarias semicoloniales. Posee tal poder de resurrección que brota en configuraciones diferentes sin tomar nunca, por supuesto, forma de espiga o condición de pan. Es eminentemente destructiva y amarga: no alimenta.

Si han sido grandes los novelistas que como Arguedas, Ciro Alegría, Icaza y otros han permanecido aguantándose en este áspero territorio, cobra un nuevo sentido territorial el hecho de que una nueva formación de escritores nos represente desde lejos con la verdad luminosa o la fantasía terrestre de García Márquez. Igual puedo decir de los que conozco, como el mágico Cortázar o el extraordinario Vargas Llosa.

Porque lo importante son las esencias. Y estos escritores nos han otorgado una contribución *esencial*: eso es lo que cuenta. Por eso el debate puede y debe extenderse aminorándole, naturalmente, los personalismos productivos o por producirse. La dignidad de quienes sacudieron estas tesis es demasiado seria para que pudiera derivar en la camorra literaria que tantos cultores ha tenido en el continente.

El asunto en su profundidad tiene más complicada implicación.

"La tentación del mundo", llamó Ehrenburg a mi inclinación a lo universal en contraposición a un poeta folklórico cubano.

Esa tentación del mundo hacia la integración participante del clasicismo antiguo y del nuevo experimento puede llevarnos también al cosmopolitismo ambiental. Puede derivarnos a la superficialidad pasajera. Es un peligro.

Pero, cómo desligarnos de la imperiosa y tantalizante Europa? Por qué cortar los nudos de la elegancia que nos atan a ella?

Además, es fácil para el criollista, y aun para el medular americano, sumergirse no en el océano, sino en la charca, y limitarse en la forma hasta repetir sin remordimiento la dirección del pasado. Es otro peligro.

Ese peligro no cortará nuestras raíces. Sucede que cuanto más nos ahondemos más nos renovaremos, y cuanto más locales seamos podemos llegar a ser los más universales. Un pequeño gran libro no se preocupó sino de una mínima región de España, llamada la Mancha. Y llegó a ser la novela más espaciosa que se ha escrito en nuestro planeta.

Todos tienen razón. Y de estas razones nacerán otras nuevas. El humanismo antiguo o nuevo se fortificó y proliferó en la contienda, cuando las batallas mantuvieron la dignidad y hurgaron en la profundidad.

Estoy seguro de que el encontrón entre Cortázar y Arguedas no sólo nos dará nuevos grandes libros, sino nuevos grandes caminos.

De la serie "Reflexiones desde Isla Negra". Publicado en la revista *Ercilla*, Nº 1774, 18 de junio de 1969 y en *Para nacer he nacido*, Ed. Seix Barral, Barcelona, 1977.

ÍNDICE DE POEMAS

      Llegó Homero   245
      Paseando con Laforgue   246

XV   A HOWARD FAST   249

      A Howard Fast   251

XVI   CONFIESO QUE HE VIVIDO   255

      La poesía   257
      Éluard, el magnífico   259
      Quasimodo   262
      Vallejo sobrevive   265
      Gabriela Mistral   267
      Vicente Huidobro   270

XVII PROSA DISPERSA   275

      Viaje al corazón de Quevedo   277
      Los Sonetos de la Muerte   299
      Nuestro gran hermano Maiakovski   301
      Mariano Latorre, Pedro Prado y mi propia sombra .   304
      R.L.V. (Ramón López Velarde)   328
      Shakespeare, príncipe de la luz   332
      Desde que Thiago llegó a Chile   337
      Me llamo Crusoe...   339
      Con Cortázar y con Arguedas   343

Este libro se terminó de imprimir y
encuadernar en el mes de octubre
de 2004, en los talleres de Andros
Impresores Ltda., Santa Elena 1955,
Santiago de Chile.
Se tiraron 4.000 ejemplares.